'저 문은 나를 내보내는 통로일까,
아니면 가둬놓는 굴레의 문일까.'
 어느 날 내가, 어둠을 저 멀리 흘려보내질 못해
비스듬히 토담에 기대어 앙탈하자,
사유수(보리수)가 막댓가지를 간들간들 흔들어 스승이 되어준다.
'틀 안의 기준은 너희끼리.
 너와 나, 우리는 나희끼리.
지구, 별, 우주 그리고 어둠과
서로 평가하며.'

일단 자빠지고, 대 자로 늘편하게 자빠지자.
그다음 '편한' 기준으로
어둠을 가까이서…… 가까이로 흘려보내자.
그러면 그냥 문짝, 흔한 문짝일 뿐이다.

SIN, 신·2

2

시나브로

김서진 부조리극 판타지 소설

Prologue

다음 레벨은 리듬에 맡긴다

세상과 현실, 그리고 판타지……
간혹 내가 불완전성 차원이라 명명하는 지상세계의 세상(현실)이란, 단연코 풀 수 있는 성질의 것이 아니다. 내가 머무는 지하세계의 경계에서 올려다볼수록, 난해와 번잡만이 완전하게 얽혀있고, 그 상태로 남겨질 수밖에 없는 차원이라 여겨진다. 즉, 불완전성이 늘비하여, 미워하려야 미워할 수 없는 미운 구조이며 좋아하려야 좋아할 수 없는 좋은 차원이라.
애초에 판타지도 그리되어 있다. 끝까지 껍질을 벗겨 도달하게 되는 정체성이, 오히려 초현실적인 구성으로 특정된 지상세계(현실)와 맞닿아있다. 그 구역은 현실과 판타지의 경계이면서 동시에, 부조리가 즐비한 영역이자 '부조리극 판타지'가 태동하는 근원. 그 구간을 애매모호 넘나들며 꾸준히, 간단없이 타는 행위야말로, 전작에서 언급한 '현실과 판타지의 경계를 허무는 'SIN, 신'만의 특징'이다.

현실과 판타지. 이, 두 세계엔 거짓말을 일삼는 누군가가 있다. 그자가 거짓말을 한다면 참말이다. 그러나 참말을 한다면 거짓말이 된다.

그 밖의 또 다른 누군가는 꾸밈없이 공언한다.

"앞으로 본인은 자신의 미래를 '스스로 설계하지 못한' 자들의 심리 전반을 책임질 것이다. 다만 '스스로 설계가 가능한' 자들에겐 손쓰지 않겠다."

그렇다면 그 자신의 심리적 아픔과 미래는 누가 감당해야겠는가?

만약 타인이 그의 아픔을 치료해주고 미래를 설계해줄 경우, 그 자신은 미래를 '스스로 설계하지 못한' 경우에 속하므로, 내세운 바에 의해 자신의 심리를 스스로 치료해야 한다.

그러나 스스로 아픔을 딛고 미래를 설계한다면, 그 자신은 미래를 '스스로 설계한' 사람에 속하므로, 내세운 바에 의해 '자신의 심리와 미래를 향한 손길에 제한'을 둬야 한다.

과연 그 자신은 어떤 스탠스를 취해야 하는가.

이처럼 'SIN, 신'이란 시리즈는 쉬이 끝나지 않을 이야기의 구조일 것이다.

그런데 본편에 등장할 주요 캐릭터는 나에게 노크한다.

【"하지만 우리는 선택의 오선지에 닿아있고 이 순간은 미래 방향에 큰 영향을 미칠 거야"】

그리고 가까운 미래에는 내가 노크할 것이니, 두 캐릭터가 미리 문을 열어준다.

【"새로운 미래가 오는 과정은 역설적입니다. 수시로 부정성과 부당함을 마주하고 감내해야 하지요. 그러나 타성에 젖지 않고 끊임없이 미래를 그려보는 태도야말로 가장 명확한 대안이자 분명한 희망이라 생각합니다."
"한데 존 항해사?

새것을 그리는 작업이란, 쉬이 동의받기 어려울 겝니다."】

그렇다면 어쩔 수 없다. 일상이라도 단일한 구조로 날뛸 수밖에…. 단지, 세상 시계의 흐름에 초연하고. 오직, 해님의 시간에 맡겨볼 수밖에.

순연히 즐겨보자, 몰두하자, 완성하자. 단순히 끌리는 일에 열중하고 목전의 계획에는 일신과 진력을 바치며, 주어진 장소에 전력을 다해보자. 그리고 그다음 레벨은 리듬에 맡겨져야 한다.

에오라지…. 단조로이….

그것으로 충분하지 아니한가.

2023년 8월 김서진

차례

Prologue … 5

제1장. 신들의 종말, 그 서막

새로이 시작하다 … 14

궁금하지? … 21

불이 어둠을 밝게 하다,
난연한 불이 어둠을 어둡게 하다 … 28

주마연 신부, 뒤집고 핥다? … 45

에노시마 집사 … 53

찰나의 그리운 순간 … 66

Sin, 신₂

선시를 쓰다듬는 꽃잎…. 얼근한 취기, 환상 말고	75
여취여광… 하세데라 그녀들과 춤을	91
가변적 상황들	100
심비(深秘), 눈에 의심이 물들다	114
한 가지 물어봐도 될깝쇼?	125
구시심비(口是心非), 한 가지 물어봐도 될깝쇼?	128
제임스 하더 그로우	138

차례

제2장. 有유 無무

징려하는 가족	158
회색 영역	193
재즈바에서 홀로	207
무소불위, 무소불능. 째각째각	222
심비, 착악(錯愕)의 연속	228
구시심비, 오싹한 대립	240
암중모색	246
みなとまつり, 선율을 연주하다(항구 축제)	259

Sin, 신₂

제2막	272
사랑이 머무는 환상? 가마쿠라가 들린다	281
그녀가 머무는 환상? 가마쿠라가 들린다	285
환해 보이는 세상과의 절묘한 접속	298
흐릿한 답안지	301
Epilogue	298
작가의 말	303

역사의 경멸을 견디기 힘든 그는
목을 매었다.

.

.

어둠에서 소리가 들려온다.

제1장

신들의 종말, 그 서막

새로이 시작하다

おげんきですか。ここは神奈川県、三浦半島だよ。

(건강하십니까? 잘 지내시나요? 이곳은 가나가와현, 미우라 반도야.)

'神の教えに従うこと…。'

('신의 가르침을 따라야 할지니….')

ップ、ププフ、ププフ～うるさい！わらわせないで。

(크크크. 시끄러워, 웃기지 마.)

오랜만이다. 이곳은 일본 '가나가와현'의 '후지사와역'을, 막 출발한 '에노덴 전철' 안이다.

뭣이라? 일본을 도피처로 삼았냐고?

うけけけけけけけけ、冗談だろう。フフフフフ、ちがう、そじゃない…。

(갸하하하하. 농담이지? 호호호호. 아니, 그게 아니야….)

아니다. 나는 본인을 가격한 어느 정체가 불명한 괴한의 말을 따라서, 또한 자신의 굳은 결심 끝에 이곳 '후지사와시'에 다다른 것뿐이다. 그러나 여느 도망자 신분처럼, 자신의 암울한 절망이 낯선 세계에 내던져진 현 처지의 기저를 이룬 게 실정이고, 점차로 누군가에게 쫓긴다는 의식이 가중되면서부터는 공포감에 사로잡힐 미래에 대한 지독한 불안감 속에서, 불현듯 엄습하는 두려움의 급증에 시달리고 있다.

하지만 笑える….

間違っているのは僕じゃない。間違っているのはこの世界だ。ちょっと消えてしまいなさい世の中よ。ふざけるんじゃねぇーよ、ふざけるな。フフフフ、ウッフフフフ… アハハハハハハ! ぎゃはははははははは!!

(잘못된 것은 내가 아니야. 잘못된 것은 이 세상이야. 좀 꺼져 버려, 세상아. 까불지 마라, 까불지 마!! 흐흐흐, 우후후후… 아하하하! 갸하하하하하!!!)

.

不条理仕方ないなんで….

(부조리, 어쩔 수 없어….)

'黙れ。'
('닥쳐.')

.

감히 본인의 자가에서 나를 피습한 미지의 세력에 대한 호기심이 공존하며, 서로 대립하고 있는 것 또한 사실이다.

'가만 보자… 이게 후지사와역이고… 이시가키역, 야나기코지, 구게누마, 쇼난카이간코엔, 에노시마 역… 에노시마… 에노시마… 이런 제길… 뭐야 이거! このやろう!!'('이 자식이!!')

갑자기 웬 똥파리가 짜증 날 정도로 내 주변에서 활개 치고 있다.

'그래도 참자, 참아…. 암! 긍정이 최고로소이다.'

요컨대 저 날갯짓의 궁극적 목표는 저기 저, 들창 너머가 아닐까? 마치 먼지 한 톨 없는 레고 마을을 연상시키는 이곳의 도로와 건축물들, 그리고 저 푸른 바다가 아닐까?

그렇다. 누구나 저 똥파리와 같이, 무의식적인 안전으로 일신 안위에 만전을 기하려 한다. 그것이야말로 안전을 위한 최우선 목표이자 생존본능의 궁극적인 단계! 이를 위해, 그러니까 개인의 안락을 꾀하고 더 나아가서 일가의 안위를 돌보기 위해 그 무수한 여정들은 시종일관 발버둥을 치며 옮아오고, 또한 옮아간다. 그렇게 너 이 새끼 똥파리 녀석이나 그리고 나, 이 새끼 이지언… 아니, 이 '뜨내기' 이지언이나….

나는 시선 끄트머리에 있는 수평선에 눈길을 고정했다. 고요했다. 금빛으로 물든 바다였다. 간혹 내 감성의 영역에 금빛이 과하게 침범하는듯했지만, (왠지… 한때 '금빛 유혹'을 받고 흔들렸던, 옛 추악한 편린 때문인 듯하다) 제법 차분한 마음으로 대면하며 금빛 물결을 바라봤다.

그러나 또다시 어렴풋이 떠오른다. 곧이어 재화에 관한 '미련의 포성'이 들릴 것이고, 분노의 시작을 알리는 파괴본능의 포성도 들릴 것이며 결국에는 작렬할 것이다.

나는 그 자의식의 심부에서 시작된 포탄 서너 발이, 마치 편평한 지면 같은 나의 내면에 떨어질 것 같다는 위구심에 휩싸였다. 그러나 묘하게도, 그러한 공황 가운데 스멀스멀, 흡사 발화

물 같은 호승심이 마음 심층에서부터 밀려들기 시작한다.

나는 서둘러 수평선과 그 주변을 휘둘러보았다. 하지만 이내 어슴푸레한 영사막으로 변모한 수평선 하늘에, 별안간 나의 '무형식적 과거들'이 희미하게 나타난다. 이제 조금씩 더 뚜렷하게, 내 의식의 깊은 부분에 잔재하는 갖가지 쪼가리들이 서사화가 되어 펼쳐진다.

'하긴… 내 신세도 이러한데, 네까짓 게 어련할까.'

그러나 점점 고조되는 빌어먹을 날갯짓.

'이런 쓰블. 근데도 짜증 나.'

마치 삼복더위의 군불과 맞먹는 위력이다. 서서히 한여름, 무기력증에 허덕이는 상태처럼 변모하고 어느새 윙윙대는 소리가 실의에 빠진 형편에 비참함을 더하며 전전두엽을 자극한다. 점차 '감정 억제 기능'이 마비되어 '사의 본능'에 함입되고 있다.

기어코 앞서 언급한 포탄 중 하나가 떨어지기 시작한다. 떨어진다! 떨어져!! 분노의 포탄이 아니 미사일, 아니 핵포탄이 내 고독의 경지에 닿기 일보 직전이다.

'어서 광속으로 쳐 죽여야지.'

곧바로 나는 모든 신경을, 내 안계(眼界)에서 들락날락하는 그 불규칙한 날갯짓에 집중했다. 더는 애처로운 처지로 하나가 되어서 동질감을 느끼지 않으리.

'빨리 앉아라. 빨리, 빨리, 빨리!'

나는 속으로만 크게 외쳤다. 에노덴 전철의 불특정 소수가 내

쪽으로 시선을 보내고 침을 꿀꺽 삼키는 듯했다.

나는 신중히 기다렸다.

파리는 윙윙거렸다.

나는 계속 신중히 기다렸다.

파리는 계속 약 올랐다.

내 마음은 이곳 '미우라 반도'가 전해주는 리듬과는 상반된 빠른 손놀림을 선뵐 준비를 마쳤다.

그리고 마침내 그 자식이 앞다리를 비벼대기 시작했다.

흥!! 꿀에 청결하게 식욕을 채우고 싶다는 게지. 그러나 너에게는 다음이란 있을 수 없노니….

'ふっ、俺の勝ちだ!! 아뵤옷!'

(풉! 나의 승리다!)

"탁!"

그러나 똥파리는 들창 밖, 자유가 넘실대는 세상으로 날아갔다. 어떤 백발의 노옹이 창문을 연 것이다.

"낙망하지 말거라."

그제야 나의 좁아져 있던 안계 또한 확 트이며, 평정심을 도로 되찾았다.

'冗談じゃねえ。(농담하냐?) 그놈의 유화적 태도….'

"역시 자연 바람이 좋습니다그려. 지언 형제님."

'쳇! 남늦게 만난… 아니, 연이 된 주제에…. 온풍이다, 온풍이야!'

지금 이 순간, 나 혼자가 아닌 점이 너무 짜증 나게 느껴진다.

"그러네요. 주마연 신부님."

그렇다. 현재 나는 혼자가 아니다. 주 신부와 나 이렇게 둘이···.

"멍! 멍!!"

그래, 그래. 잊지 않았다 이놈아.

이렇게 주 신부와 나, 그리고 요놈 또리까지···. 왠지 하선지가 각기 다를 것 같은 표류선에 탑승한 모양새이다. 언제 하선할지는 아직 미지수···. 그래도 그전까진 '정처 없이 떠도는 유정(遊艇)'이라 여기고 최대한 매 순간을 즐기리라.

아무튼 작금의 나는 이들로 인해 질곡의 세월에서 벗어났다. 내 생애의 세속적인 압박으로부터 자유로워졌다.

그래! 나는 바람, 그 자체이다. 나는 온갖 찌든 생각에서 벗어난 것이다.

.

아직 아니야.

.

'아···. 아직 아니구나.'

이렇듯 또 다른 나도 함께하는 현실은 사실··· 생각과 상상에서도 자유롭지 못한 판타지이다. 좆같은 부조리이다. 이거 참, 서글픈 시작이지 않은가.

'막막하다, 막막해. 아주 그냥 쳇!'

가까운 과거. A.D (Anno Domini) 2015년, 동지.

나는 도현근.
요즘처럼 다량의
 사건에 시달릴 때는
은근히 낯내길 좋아하는
 지언이와의 만남이
크나큰 힘으로 다가온다.
'거참, 피곤하구만.
적당히 말하거라,
 이 눈치 없는 녀석아.'

궁금하지?

나는 왜 저들과 놀잇배를 타고 있는가? 그것도 이토록 가깝게….

그들은 내가 이 세상에 영원 작별을 고하기 직전, '도안의 호수'에서 나를 구해주었다. 저 빌어먹을 신부와 똥개 자식이 아니었으면 그 '칠흑 같은 도안'에서 익사했을 것이다.

게다가 그날 마주친 칼바람은 호수 위의 '고딕 건축물'에서부터 들려온 비명과 같았는데, 그 순간을 뚫은 진정한 빛, 두 줄기라 할 수 있는 그들은 진정한 어둠과 대면했었고 나는 딱, 그 중간에서 헤매었다. 그리고 그날 이후부터 나의 심중(心中)에는 빛과 어둠이 격렬히 대치하며 공존하고 있음을 뚜렷이 느낀다. 아마도 앞으로 지겹도록 따라다닐 이 현상은 진일(鎭日)에도 나를 괴롭힐 것이며, 어쩌면 그것은 나를 통째로 흔들지도 모를 일이다.

어떻든 나는 그날부터 그들에게, 옛 향취 그대로의 애정과 관심을 듬뿍이 받고 있다. 이제는 진심으로 마주할 사람이 없다고 느낄 때, 일시적으로나마 완연했던 옛 자취의 형태가, 기색이 죽은 나에게 다가왔다. 그간 무수히 접했던, 옛 정감이 결여된 작태와는 다른….

문득 민이린 씨와 이엘-은하, 그리고 아저씨와 강아지가… 내 공간들이 보고 싶다…. 옛 자취 그대로를 더듬으며 결국에는 닿고 싶다….

'이런 젠장맞을….'

그 자리들이… 이 외톨이를 전심으로 맞아준 그 자취들이 모조리 사라질 줄이야….

'근데 이게 다 어쩌다 오는… 우연의 일치일까?'

나는 주 신부를 만나고 나서야, 그동안 발발했던 사건들의 우연성을 완벽히 배제하고 있다. 오히려 그 연쇄성과 고의 발생 여부를 입증하자고 수시로 되뇌는 한편, 무언가의 암중공작(暗中工作)에 의한 일련의 과정이라 확신하며, 현실은 공중대고 '공중누각'이라 칭할 것을 뒤쫓고 있다.

나는 힐끗 주마연 신부를 바라봤다. 간혹 '축복의 형제님'이라 불러주는 그는 어떠한 중요한 존재로 나를 인식하는 듯하다.

'도대체 왜일까…. 나를 그저 '주로 긍정하는 유화적인 인간'으로 만들려고?'

실은 마치 주인공이 된 것 같은 기분에 나쁘지만은 않다. 그리고 그럴 때마다 자신을, 스스로 '위험한 존재'라고 열성적으로 부르짖고 있으니까….

—2—

드디어 에노덴 전철이 후지사와시의 '에노시마 역'을 거쳐서

'가마쿠라'의 '고시고에 역'에 정차하였다. 이제야 본궤도의 첫 관문인 '가마쿠라 시'에 입성한 것이다.

이곳 가마쿠라는 도쿄 중심부에서 남서쪽으로, 비교적 멀지 않은 '사가미 만'에 위치한 지역이다. 겨우내 온난하고 삼면이 숲으로 둘러싸인 채로 고도보존법으로 온존된 마을이 사시사철, 마음의 풍요를 채우기 위한 자들을 보듬는다. 가마쿠라 해변의 서편에선, 후지사와시에 속한 '에노시마'(에노 섬)가 홀로 후지사와시를 홍보하고 있는데, 참고로 에노시마 일대는 행정구역상 후지사와시의 관할이지만 에노시마를 찾는 관광객 및 서퍼와 낚시꾼의 실 생활권은 주로 옆 동네 가마쿠라이며 '고시고에 지구'와 연담화까지 이뤄져서, 대개 '가마쿠라시'에 속한 지역으로 알고 있다.

나는 전철 창틈을 통해, 저 멀리 보이는 에노시마를 내다보았다.

'분명 나도 홀로이 고독을 즐기는 종자…'

그 순간 '고시고에 역'을 떠난 에노덴 전철이 '사가미 만'을 전면으로 둔, 가마쿠라의 단독 주택지를 관통한다. 이 '취록으로 고풍스러운 노면전차'는 나릿나릿 흘러가는 초침처럼 선로를 미끄러지듯 나아가고, 일정한 간격으로 육중한 쇳소리를 빚어내며 나로 하여금 정겨운 풍경을 연상케 한다. 그저 발걸음이 나서는 대로 인적이 드문 곳을 구석구석 나돌다가, 시간의 여유로운 틈에서 잘 보전된 마을을 지향 없이 구경하고 싶다.

나는 눈을 감고 상상의 공간에서 발길을 재촉해보았다.

그러나 건널목의 차단기와 경보음이 곧장 머릿속에 침범하여 그 서두르던 발걸음에 제동을 걸면서 적색 빛으로 번쩍번쩍, 무언가가 빚어낸 과거의 참화를 떠올리게 하였다. 최근 들어 나만의 공간에 드나드는 도수가 차차로 잦아진 '적색불'….

'젠장…. 이러다가 중요한 기로에서 심중히 판정하고 결단할 수 있을까?'

나는 여유로운 흐름을 즐길 수만은 없다. 억지로라도 그래야만 하지만 그럴 겨를이 없다. 찰나적이지만, 어느새 어둠이 분출하는 냉기가 느껴지고 누군가 행동거지를 훔쳐본다는 기분을 떨쳐버릴 수 없기 때문이다. 어떨 때는 꿈꾸기 위해서 지나야 하는 어둠을 스스로 거부할 때도 있다. 한마디로 뜬눈으로 지새운다는 말이다.

'크크. 빛의 사다리에서 추락한 최하층 주민이 따로 없구만. 뭐라고?! 자신의 지나간 시간은 찬란히 빛나는 법이라고? 크크크. 웃기는군.'

내 생각 또한 시간의 흐름을 잊은 듯 평온히(?) 흘러간다. 마음이 다소 느슨히 풀어지면서, 도심의 탄알같이 흘러가는 시간과는 반대로, 느긋하고 산뜻한 풍편처럼 찬찬히 또한 더디게 흘러가는 60분의 1의 단위가, 1440분, 86400분의 1의 하나치가 느껴진다.

물론 갈수록 도수를 더해 가는 '자각몽'의 기세도…. 차차로 따라오지만, 차차로 늘어나는… 내가 '현실이라 칭하는 그 자각몽' 또한 느껴진다.

'과연 나는 무엇을 향해 가고 있고 무엇을 얻으려는 거지?'

그때 주 신부가 나를 보며 웃으며 말했다.

"지언 형제. 가지 못한 길을 가려면 해보지 못한 노력을 해야 한답니다."

.

うるせえ。(시끄러워.)

.

'옳거니! 모처럼 잘한다, 너? 크크크.'

.

마땅하지. 그나마 그 개소리괴소리가 더 나으니까.

'하기는, 저런 매사에 심상한 척 지껄이는 꼰대가 정말이지 최악이야……. 근데 가만! 너 방금 뭐라 했냐?'

.

암. 흥에 겨우면 매사에 그럴 수 있지.

.

'이런 싸가지 보소. 어른이 말하는데…. この野郎 (이 자식이)!'

.

쯧쯧쯧. 반응이나 하쇼, 솔.직.히.만!

.

"신부님. 또 그 말입니까? 그리고 제발 제 표정을 읽지 마세요. 그때부터 대체 몇 번쨉니까, 네?"

"껄껄껄."

주 신부는 창밖을 보며 너털웃음을 웃었다.

'うるせえんだよ。(시끄럽다고) 만날 뒤집고 핥듯 말하기나 하고. 저 빌어먹을 신부 같으니…. 제기랄. 또다시 떠오른다, 그날이….'

그날 나는 저들과 함께 불을 쬐고 있었다. '점마들은 또 누고?'라는 무척 당연하고도 단순한 생각만을 품고서 그들에게 의문의 시선을 던지고 있었다.

잠시만, 갑갑궁금함이 뒤엉킨 과거로 가보자.

가까운 과거. A.D 2016년, 후터분한 늦여름 한때.

'어째 업무가
그 '개소리괴소리'보다 가볍냐….
  음?! 1국 2과장!?'
얼마 전, 상부에서
  사전 개입하라는 엄명과 함께
하달된
  유망한 재경직 공무원의
행방불명 건.
  '가만, 국세청 1국 2과…
1국 2과장…
  설마 지언이네 상사?'

불이 어둠을 밝게 하다,
난연한 불이 어둠을 어둡게 하다

　진종일 소낙비를 퍼부었던, 서기 2019년 어느 초가을 묘시. 바로 '2차 우기의 전조'가 삽시에 번졌던 근일이자, 균열기(A.C) 1년의 첫날. 현재 이곳은 '먼지화'의 입김이 스치듯 퍼지던 그날의 대전이며, 온갖 찬연한 건축 미학의 실상들이 돌차간 본원적인 구체로, 마치 난연한 폐허의 심미학을 담은 곳으로 홀변해버린 구역. 즉, 파괴의 미학이 움트고 생령(生靈)의 환희가 절멸한 '허허벌판의 도안'이다.

　그 가운데 우리는 마치 폐허를 예찬이라도 하듯 홀로 일변치 않고 비웃는 '고딕 건축물'을 마주하고 있었다. 그 '이질적 요소'는 다수한 생명들 신후(身後)에, 이 '망령의 도심'의 심장부에서 외따로, 그것도 사방을 장벽처럼 가로막은 호수의 복판에서 마치 독일무이한 존재처럼 우뚝이 서 있었다.

　나는 초점 없는 눈으로 우두커니 그것을 바라보며 생각에 잠겼다.

　'조실부모한 신세도 모자라서.'

　"낑, 낑, 낑."

　어느 사이에 동석한 '나를 구해준 성견'도 그것을 함께 말끄러미 쳐다보며 어떤 근심을 표했다. 녀석은 빨리 시름을 덜고 싶은

듯, 내 주변과 물가를 어슬어슬하며 언짢은 심기를 드러냈다가 곁으로 도로 와서 나를 앙시하듯 올려다본다.

'오호라. 너 역시 타관 객지로 떠돌 신세인 게냐?'

녀석은 내 옆에 나란히 서 있는 것으로 답변을 대신했다. 시름에 잠긴 녀석의 눈에서 어슬한 여명을 받은 윤슬 빛이 반짝였다.

왠지 숭앙하기를 원하는 듯한 하늘을 느끼고 나는 고앙(高仰)하였다.

'냉기가 느껴져…. 참 냉랭해 보인다.'

마치 한월(寒月) 같은 희미한 태양이었다. 나는 다시 호수를 쳐다본다. 역시 동질적이었다. 역시나 차갑고 우심층층해 보였다.

그런데 방금 소감은 일순 물비늘에 비친, 어떤 순탄치 못한 옛일을 회고하는 '낡고 닳은 안색'에 관한 것이다.

―2―

균열기(A.C) 1년. 오전 나절의 그 흐릿한 광망(光芒)만이 가까스로 체감되는 무렵. 나는 곁눈질로 호수 건너를 빤히 쳐다보는 기애(耆艾)의 낯빛을 흘끔거렸다.

'그나저나… 대체 누구지? 이 똥강아지는 또 뭐고.'

웬 성직자처럼 보이는, 막 노년기에 접어든 남자가 흠뻑 젖은 채로, 이제는 진의 파악이 어려운 미소를 짓고 있었다.

거침없는 행동거지. 완전한 백발이면서도 탄탄한 전신. 매서운 눈매. 마치 귤껍질 같은 볼때기와 가을볕에 가스르듯한 까마죽죽한 피부. 흔히 보편적으로 떠올리는 완력가를 넘어선, 나를 포함한 그 누구든 짓주무를 수 있는 우람한 체형. 왠지 모든 일을 육체적인 힘으로 억눌러 거춤거춤 해결할 것, 아니 해치울 것 같은 압도적인 분위기. 가급적 선한 기색으로 대할 것이나, 왠지 성깔이 살차고 호전적이라서 낯꽃피는 것을 주변이 자못 감사해야 할 듯한 오라. 노객(老客) 주제에, 지금 당장 근육을 쌜룩거리며 육체미를 뽐내기만 해도 무관 시험에 급제하고 그나마 이지적인 기운이 일신을 감싸니, 문관시험에 가까스로 급제했을 분위기.

그래도 나와의 교점은 존재한다. 그나마 문인의 피가 혈관에 흐르고 있다. 다행스럽다. 그 말인즉슨, 기본 소양을 갖춰서 대화와 소통을 할 수 있다는 것이고 그러므로 저 괴물로부터 나의 안위를 스스로 보살피기 수월하다는 말이니까….

그리고 우리 사이에는 미묘한 차이가 있다. 그 차이인즉, 이 몸은 문관시험에 가뿐히 통과했지만, 저 육체파 노인네는 문인의 기가 겨우 흐르는 촌학구 유형이라는 것. 만약 내가 유려한 말솜씨를 통해서, 또한 소통의 원리를 제대로 이용해서, 서로의 막힌 부분을 뚫어가는 과정을 잘만 활용한다면 내게도 승산이 있다. 게다가 연령 차이가 심하게 나는 데다가 늙은 호랑이는 나약하고 심약하다. 앞으로 시간을 두고 몸의 대화만이 발생하지 않도록 주의한다면, 되레 성직자의 가스라이팅에 세월로 대항하며 역공할 수 있다. 언젠가 아주 살살… 아주 살며시… 아주 살그머니 심리 지배를 역으로 시도한다면, 저 이빨 빠진 맹수쯤은.

"저런 우라질…"

나는 방금 듣고야 말았다. 방금 나는 노인네가 내지른 사자후 같은 복화술을 듣고, 내색지 않았으나 당황했고 공겁하였다. 저 대담한 성직자는 이 '도안대첩의 기싸움'에서도 승첩(勝捷)하고 있지 않은가.

'자칫… 내가 다져지겠어, 이거…'

함부로 진의를 엿보기 어려운 위압적인 부류였다. 확실히 파괴적 면모가 돋보이고 '건강미'만이 엿보였다. 과한 무력에, 준수한 지력에, 옹골찬 뼈대에, 심히 담차기까지….

제, 어찌하여 세상은 각기 분리되었어야 할 것을 서로 융합시켜 비로소 최대치 괴물을 꾸몄을까. 대체 '불로초로 달인 영양 강장제'를 몇 제나 드셨기에, 이런 '흔한 광기와 죽음조차 요원한 곳'에서 득첩(得捷)하고 있을꼬.

'뭔 차력약을 그리 먹었기에…. 원래 우글쭈글, 쪼글쪼글 이어야 하지 않아? 대체 뭔데 저거!!'

그 육체파 노공(老公)에게 풍기는 낯선 조화와 묘한 위화감은 가뜩이나 이질적인 장소에서 전혀 생경한 느낌으로 다가왔다.

"당… 당신은 누구죠?"

우선 감사를 표해야 했지만, 내 입을 근질거리게 만든 궁금증을 빨리 해소하고 싶었다.

'어서 그 아리송한 저의를 내보이시오!'

내 다소 무례한 질문에 그는 온화한 미소를 보이며 말했다. 흔하디흔한 성직자처럼 안면에 밝은 빛이 도는 것으로 보아 의외로 낙락한 성질일 수도….

"우선 이리 와서 불부터 쬡시다. 이엘-지언 형제."

저 노인네는, 내가 본인을 마땅히 꺼린다는 사실을 모르고 있다. 그런데 웬 영문인지 나의 풀네임은 알고 있지 않은가.

나는 그의 완곡한 표현과 분명한 언명으로부터 신상을 유추해보았다.

노인네가 연이어 입을 열었다.

"이거 도랑창이 따로 없습니다. 어쩌면 곡가 변동이 심해지겠어. 이런 우라질."

"……"

．

거칠어.

．

'그런가?'

．

쫄았지?

'…….'

"음…. 어디서부터 이야기해야 하나."

이내 담배와 라이터를 꺼내서 자기 입으로 가져가는 노인네가 말했다.

"어서 이리 오세요. 그러다 감기 걸립니다. 아, 이거 때문인가? 담배 싫어하세요?"

참 유쾌하게 말하는 노인네였다.

무론 저 얘기는 맞았다. 나는 일부러 과장된 동작으로 연기를 없애며 담배에 관한 의사 표현을 확실히 했다.

그때 갑자기 내 등 뒤에서 엄청난 한기, 절규와 같은 바람 소리가 들려왔다.

나는 무섭지는 않았으나 폴짝, 노인네 옆에 최대한 가깝게 앉았다. 나는 무서웠던 것이 절대 아니고 그저 궁금한 눈초리로 신경을 곤두세웠을 뿐이다.

노인네가 사방에 짙게 내려앉은 어둠을 둘러보며 말했다.

"그래요, 그래…. 정말 아무것도 없네요. 저도 정말 오랜만에 봅니다, 이런 어둠은."

마치 백기사, 백발의 팔라딘(성스러운 기사) 같았다. 저 담대한 노련가는 '들어 나를 시체'조차 없는 미지를 광겁(怯怯)하지 않았고, 물러설 마음이 추호도 없는 백전노장처럼 눈길을 쉬이 거두지 않았다.

"지언 형제님. 이제 경계심을 풀어도 됩니다. 저희는 당신을 도우러 온 거니까…. 우선 이거부터."

노인네가 어떤 과자를 건네주었다.

꽤 커서 볼이 미어질 정도였다. 오물오물 조금 굵은 면적을 씹느라 머릿속의 잡념이 일순 지워졌다. 나는 한참을 오물거리다 입안에서 조각낸 부분을 꿀꺽 삼켰다. 기분이 묘하게 나아져서, 손에 있는 남은 덩어리마저 입안에 몽땅 넣고 한참을 오물거리다 꿀꺽 삼켰다. 오묘하다. 은은하게 퍼지는 감미로운 향과 촉촉한 식감이 역시 군것질의 달금함이지 싶다. 역시 녹초가 될 때면 유독 불량식품이 당기는 이유가 이것이다. 게다가 건강까지 고려했는지, 이 맛은 달콤함보다는 들큼함에 가깝다.

·

이 과자는 무엇인고?

·

"개 사료입니다."

노인네가 내 곁에 앉아있는 성견한테 과자를 던져주며 무심히 말했다.

나는 잇몸 주변의 부스러기를 마저 음미하다가 뱉어냈다.

"컥! 켁켁!!"

속으로만 '이씨, 망할 놈의 노인네가 진작 말하지. 미쳤냐?! 미쳤냐고!!'라 외치면서. 겉으로는 세사(世事)에 초탈한 듯 공손히 뱉어냈다.

"멍! 멍!! 끼잉, 낑."

그러자 어느새 홀로 오도카니 앉아있던 성견이 나를 노려보며 어떤 의사표시를 전해왔다.

"너는 또 왜?! 너 꺼 때문에?"

왠지 미운 감정으로 나를 매섭게 노려보는 것 같았다.

"알았어, 알았어. 우쭈쭈! 이리 온."

그러나 성견은 계속 나를 새치름하게 쳐다보더니 한순간 무시했다.

"저 건방진 태도를 어디서 봤는데…."

"자, 받으세요."

노인네가 다시 사료를 서너 개 던져주면서 턱과 눈짓으로 성견을 가리켰다.

"우쭈쭈. 옛다!!"

그러자 녀석은 사료를 이용해 관심 끌기에 들어간 내 손을 말긋말긋 우러러본다. 마치 나를 앙견하는 듯한 저자세였다. 나는 무릎을 굽혔다.

"옳지, 옳지. 우쭈쭈, 우쭈우쭈."

녀석은 동요되었다. 조금 전과는 다르게 나를 우러러 온갖 애교를 부리더니 내 무릎에 손을 얹고는 귀여운 표정으로 날름거렸다.

나는 속으로 다짐했다. 이번만 잘 넘기자마자, 사료를 미끼삼아 제대로 종애곯려보자고….

"아이고, 잘했어요. 예쁘다! 예쁘… 다…!?"

하지만 나… 그보다 앞서 개무시 당했다.

녀석은 혹여나 내가 사료를 들고 일어날라치면 미리 내 머리 위로 솟구치면서 곧 지면을 박차 날듯이 날름거렸는데, 그렇게 적극적인 태도로 나를 현혹하였고 급기야는 비비적대기 파상 공세로 '이 섬세하고 감성적인 남자'를, '이 감성적으로 섬세한 수컷'을 후리면서 손에 있는 미끼를 고갈시켰다. 그러고는 주둥이를 다물었고 냉담하게 돌아선 것이다.

'그래. 이 매몰찬 느낌…. 뭔가 낯설지 않은 이… 개 같은 느낌.'

더는 지체할 수 없었다. 이번에야말로 이족보행 동족 스누피가 되어서 골려 주리라.

나는 사료를 입에 무는 즉시 그대로 어중간하게 일어났다.

"짠!!! 히히. 여기 더 있지! 냠냠. 아, 맛있다! 냠냠. 아!! 맛있… 억!!!"

이번에는 나… 구타당했다. 내 날렵한 콧날과 앵두 같은 입술을 난타 당했다.

녀석은 느닷없이 뒷다리로 버티고 서서 마치 캥거루처럼 점프하며 내 주둥이를 냅다 후려쳤는데, 그렇게 오뚝한 코부터 아랫입술까지 앞발로 쓸어버렸고 급기야는 인중과 입술을 제대로 긁으면서 입 속에 넣어둔 사료까지 떨어뜨렸다. 그러고는 땅에 떨어진 사료부터, 내 손바닥에 있는 사료까지 낚아채서 입속으로 날름 거두어들인 것이다.

.

살짝 갏혔다. 하필 중지가….

.

'저 매정한 놈. 아무리 그래도, 아파하는 동안에….'

와! 앞발 후려치기 연타!!

.

'이거…. 코를 물지 않아서 감사해야 하는 건가?'

.

깔끔해.

.

'근데 이 좆같은 느낌.'

.

쟤 노렸다.

.

'어디서 된통 당해본, 이 주옥같은 느낌….'

은근 두 대, 더 치더라.

.

'이 교활한 느낌…. 아, 그래! 혹시 그 뻥튀기?!'
확실했다. 저 시고르자브종(시골잡종) 같은 녀석은 그 언젠가 귀갓길에서 마주친 유기견이 확실했다.

"그 녀석 이름은 '또리'라고 합니다. 혹시 기억하시나요? 그 행운은 먼저 당신한테 갔었는데…. 빗속에서 떨고 있는 게 참으로 그럽디다."

노인네는 담배 연기를 뿜으면서 물어왔다.

"설마… 그 골목길 담벼락? 성당으로 향하는??'

그날 빗속에서 지나쳤던 강아지가 저 건방진 녀석과 동일한 똥개였다니…. 나는 그 사실을 전연 알아채지 못했었다.

"인간사, 견생사의 '훼예포폄'에 서로 흔들리지 말지이다. 껄껄껄."

.

너… 똥 밟았다?

.

'くそ。(망할.) 어쩐지 즈그 주인처럼 또랑또랑, 여무지더라니.'

.

그 나물에 그 밥.

.

'거기다가…. 아, 역시 주옥같아. 아… 아주, 대단히 야멸처. 아무래도 제대로 糞、(똥) 같아. ちくしょう。(썩을.)'

참으로 신기한 연이었다. 사소한 일에서부터 시작되어 생명이라곤 전혀 찾아볼 수 없는 이곳 '도안'에서 저들이 나를 구할 줄이야.

그러나 신선미와 독창성이 떨어지고 대중성은 더더욱 떨어진다. 차라리 그 오욕의 일월(日月)을 지나서 결국 '고독 지속'과 '인생사 초탈함'을 거쳐서 마침내 광영(光榮)회복으로 점철되는 과정이 속성으로 수반되어야, 단순하더라도 그나마 대중적으로 볼 만하지, 제아무리 아직 미비한 단계이기로서니 설마한들 무척 불편한 동거부터 전개되다니…. 그것도 말동무할 '수컷 세 마리'가 이끌어가는 삼류 부류로 흐르다니…. 이건 뭐, 대중예술이라 할 수도 없고 순수라 부르지도 못할 수준 아닌가. 그런데 그런 이유보다는….

아니, 거 너무한 거 아니요! 일단 나부터가 불편하잖아 이거!!

'차라리 얼라가 편하지. 대체 저 노땅 연배와의 갭차이는 우얄 낀데?'

"지언 형제는 이것이 우연 같나요?"

한때는 '빗속의 흉한'이었던 노인네가 무언가를 새겨 넣고 싶은 듯, 내 눈을 뚫어지게 응시하며 물었다.

뜬금없는 질문이었지만 어떤 중요한 의미가 내포된, 피할 수 없는 질문이었다.

"극히 미미한 확률이지만 눈사태를 일으킬 때도 있겠죠. 조그마한 눈덩이가."

나도 이번엔 눈을 피하지 않고 머뭇거림 없이 대답했다.

솔직한 심정으로 나는, 나비효과 이론의 여러 예시를 계속 들고 싶었다. 노인네가 '이제 그만하라'라는 짜증 섞인 표정을 드러낼 때까지 일갈하듯 주입해주고 싶었다. 그만큼 나는 수다에 기대어 지쳐있는 심신을 달래고 싶었고 현재라는 개골창에서, 무언가로 인한 염세, 비관, 무능, 고민, 허무 관념 따위가 내 정신세계를 짓쳐 헤집어서 심리 상태를 정복하기 전에, 어떠한 작은 사건이 이런 운명적인 만남을 가져온 것이라는 기괴하고 막연한 사실로 위안받고 싶었다. 각기 다른 두 도형의 공유점, 나와 비슷한 타인의 경험, 그 토막이 이바지된 '세상과의 교감'….

각자가 떠안은 과거에 머문, 그 명운이 토대가 된 '예도옛적 자아 에너지'가 나의 정서 함양과 감정의 고양에 기여한다…. 그리고 일생에 대한 의욕과 의지의 항진을 조절한다….

그렇다. 그러기 위해서는, 우선 저들에 대한 경계심을 풀어야 한다.

'먼저 다가가자. 적극성이다, 적극성!!'

.

근데 거칠지?

'그러게…'

.

너 쫄았지!?

.

"…… 저기 신부님. 저 그러니까… '또리'라는 이름은 아닙니다."

"……"

큰일 났다. 우리를 내리누르고 있던 침울한 적적함과 이곳 일대에 흐르는 음산하고 을씨년스런 적막에, 별안간 어색한 기운이 가중되었다. 왠지 저 괴물 노인네의 안면 근육이 순간적으로 움찔거릴 것만 같았다.

그러나 나는 절대 경위에 몰리지 않았고 전혀 궁색하지도 않다.

뭐?! 자칭 타칭 고귀한 성직자의 묵직한 입에서, 저음으로 '또리입니다'라고? 그것도 가상 추모식을 즉흥적으로 열고는 직접 참례하여 음복술까지 나눠야할 자리에서?

너무 하찮다. 너무 가벼이 느껴진다. 그만 실소가 나올 수밖에 없다. 고로 내가 겸연쩍어야 할 하등의 이유 따위는 없다.

"형제님. 잠시만!"

"……"

그러나 이내 주변을 둘러보는 성직자의 그윽한 눈길이 어둑한 호면과 잿빛 하늘의 적막을 돋우었고, 고요한 사방을 헤집으며 은연히 들려오는 풍경 소리로 인해 긴장의 파고가 높아진다.

흡사 주검과도 같은 적요 속에 잠겨있는 장소… 그 무서운 적막감은 나로 하여금 '시간 감각'을 상실케 만들고 '몽환 여행'을 독촉하면서 현실 감각을 떨어뜨리는 한편, 나의 '생사 감각'마저 무디게 만든다. 온종일 내내… 아니, 어쩌면 일평생 내내.

"저기 신부님. 모든 게 우연 같냐고 물어보셨죠? 혹시 그 모든 게… 아니, 당신은 누구시죠?"

나의 중저음을 끌어낸 간절한 의문이, 우리 사이를 분주히 들락거리는 어색한 기운과 무거운 적막을 깨트렸다.

그러자 갑자기 심신을 찌르려는 건들바람의 성화가, 선들바람의 부드러운 공기와 내리 교차하며 들입다 아우성치기 시작했다. 이 죽음조차 보이지 않는 장소에서 사늘한 기운과 쌀랑한 분위기가 더욱 우리를 죄어오기 시작했다. 하지만 모래 위에 세워놓은 햇불만은 어둠 속에서 굳건하게 우리를 지켜주고 있었다.

그리고 그 여무진 성직자는 몇 안 되는 건물 조각이 남아있는 어두운 광야를 응시하며 입을 열었다. 그의 안면에 화기가 돌았고 내 곁에서 눈을 감은 또리만이 태평하게 귀를 기울인다.

"아무런 생명도 느껴지지 않는군요. 그 흔한 죽음조차 보이지 않아요…. 지언 형제? 세상이 요동치고 있습니다."

3

이 시대 '최고의 성자'에게 보내는 견마지성(犬馬之誠)의 통고(通告).

'일단 제 부어버린 하순(下脣)의 통고(痛苦)는 별일 아니오니 신경 쓰지 마시옵소서. 하오나 신부님. 아니 법왕 예하…. 그러니까 저 같은 죄인 말고 공의에 알맞은 다른 자를 추천할깝쇼?

제가 진일 마른일 할 것 없이 갖은 잡보 짓은 다 할 터이니 거, 아니 법왕청 집장사령님. 저는 '나만의 세계'에서 부명에 답하여 제왕이 되었다니, 부디 제 자리를 폐립치 마시옵고. 저를 성현(聖賢)인 경자(卿子)께서 한낱 '리플리 증후군을 앓는 자'라 하셔도 좋으니 우선 기한부 계약 조건으로 저를…. 에이! 이거 그냥, 동행 자체가 무섭사옵니다. 흑흑흑.'

추신. 이 미천한 몸은 노상 견마지충의 자세로 다가가옵니다. 늘 귀공에게 공손히 헌수하는 마음으로, 성모 품에서의 복록을 밤낮없이 기원합니다.

.

In Santa Maria… 밤낮없이 월! 월!! 월!!!

가까운 과거. A.D 2016년, 입추.

  대수롭지 않게
여겼다.
  어지간하면 몰비판적으로
여기고 싶었다.
  그러나 행방불명이
전부가 아니었다.
  '한 과장…'이라는 제하의
비문(秘文)들이 내리쏟아진다.
  그런데 한 과장은…
지언이가
  믿고 따르던 상사이다.

주마연 신부, 뒤집고 핥다?

한 호흡을 가다듬은 백발의 성직자는 곁눈질로 할깃 나를 바라보며, 내 말초신경을 자극했다.

"그래요. 세상이 뒤틀리고 있습니다…. 하나 놀라거나 동요되진 마세요. 그저 형제님의 주관일 뿐…."

나는 비록 첫 대면이라 할지라도, 억지로 성직자의 도제가 되어서 그 일신상의 사정을 깊이 공감해보려 했었다. 그리고 만에 하나, 내 가슴을 출렁거리게 만드는 어떠한 정보를 접한다면, 일단 깊은 감사를 표하고 적극적으로 조언을 구해보려 했었다. 그런데 성직자는 초려한 기색도 없이, 내 신경까지 건드리며 말을 이어갔다.

"이제부터 제가 할 이야기는 당신을 위한 기술적 충고도 아니고 선의에서 나오는 조언도 아닙니다. 그저 현실 그 자체를 전하는 겁니다. 빗발치듯 몰려온… 그리고 몰려올 진실들 말입니다."

"예, 각오하고 있습니다."

그러나 구시심비!(口是心非) 이제부턴 나도 몽땅 들어줘야 할 필요 따위는 없다. 그저 의중을 떠보면서 취사선택만 잘하면 될 뿐이고, 나의 현실과 상충된 의견에, 굳이 증명하려 애쓸 필요도 없다.

"저, 주마연 신부는…."

성직자가 본인의 이름을 꺼내자마자 잠시만 호흡을 고른다. 그리고 이내 고개를 까닥이며 지그시, 과거의 첫 계단을 밟는다.

"저 주마연 신부는 정확히 1985년 3월 31일 새벽에, 한 만취한 사내를 만났습니다. 마치 마귀에 홀린 듯한 그의 표정은 지금까지 잊히지 않습니다."

—2—

"금환식… 제삼접촉…"

주 신부는 당최 의도를 읽을 수 없는 말들을 내뱉었다.

"하늘에서 살별이 살차더니 상망(想望)하여…"

갑자기 입을 닫은 그는 왠지 히죽이는 듯한 광야 및 하늘을 번갈아 응시하였다. 그러고는 담배 연기를 흡사 한숨처럼 길게 내보낸 뒤에야, 비로소 내 구세주 역할을 자임한 까닭을 곱씹는다.

"주 신부님, 저는 이대로 죽을 겁니다. 살, 살려주세요. 저 죽기 싫습니다."

"저는 그를 봤습니다. 그 시뻘건 눈이 말했어요. 곧 있을 만남과 제 죽음은 필연이랍니다. 신부님, 신부님!! 신부님도 제가 미친놈으로 보이세요? 예?!"

"그 아이를 언제 가졌는지 아세요? 녀석이 나타난 당일입니다. 믿어지십니까?"

"녀석이 말하더군요. 이 세상은… 이 세상은…. 신부님! 어서 성서 좀 주세요, 빨리요!!"

"이렇게 먹었으니 나아지겠죠?"

"주 신부님. 출산일이 임박했습니다. 부디… 나흘 후에 태어날 아이를 부탁드립니다."

"꺼져, 꺼지라고! 더 이상 오지 마, 이 악마야! 네 세계로 꺼져 버려!"

심장이 멈추는 줄 알았다. 이제는 웬만한 상황에 미립서 수월히 흘려보낼 자신이 있었다. 그러나 어느새 잠시 미치광이가 된 나, 자신을 느끼면서 과하게 몰입해버렸다.

"신부님…. 그 사내가 정말 성서를 삼켰습니까?"

"예. 그는 무엇이 두려웠는지 구약과 신약 일부를 찢어 먹었습니다. 꽤 애먹었죠, 진정시키느라…."

주 신부는 담뱃불을 모래에 지져 끄며 말했다. 또리는 코를 골고 있고 우리를 향한 칼바람이 다시 몰아쳤다. 한동안 우리 사이에 침묵이 흐르는 가운데, 또리의 코골이와 서로 엇물리듯 교차하는 칼바람은 한층 더 음산한 분위기를 조성하면서도… 왠지 티끌 같은 세상과 행성, 하루살이 같은 삶과 생명체를 인지케 하는 코스모스적 상황에서 탈피하여, 한낱 미물의 숨소리마저 어떤 장대한 서사시의 살아있는 증거로 인식하게 하였다.

．

단지 '적응 기제'의 발현일 뿐이야.

．

과연 나는 이들 사이에서 어떤 존재로 있는가. 그리고 이 같은 운명, 우연, 숙명으로도 형용할 수 없는 과정에서, 나는 어디쯤 위치하여 있을까….

．

．

운명? 우연? 숙명? 흥!! 힘이 소실되는 유한한 생명이 확신 없이 내뱉는 단어들이네.

3

"형제님. 제가 고해성사해보겠습니다."
주 신부가 말했다.
"……."
"저는 제가 영위하는 삶을 자랑스럽게 여겼습니다. 진정으로 가내 화평을 위하고 타인의 행복을 갈구하는 일상에 참된 의미를 부여하면서…. 비록 정평이 나 있진 않더라도, 제 생명을 소모하게 하는 생광스러운 삶은 언젠가 그에 못지않은 수확을 거둘 것이라 내다봤습니다."

"The Sacrifice…."

"아닙니다. The Sacrifice that caused by distrust…. 믿지 않았습니다. 저는 그 사내를 저버렸습니다. 한낱 풍설로 치부하고 그깟 걸로 소동치 말라 일렀었죠."

그 순간 또리가 눈을 떴다.

"결국 호되게 다그쳐서 곧장 집으로 돌려보냈습니다."

별안간, 오도카니 앉아있던 또리가 으르렁거리기 시작했다.

"또리야, 진정하려무나."

"낑, 낑!"

주 신부의 차분하고 묵직한 말투에 또리의 눈매가 도로 처졌고 반면에 나는 그 사내가 찾아온, 그날의 성당을 떠올렸다.

'실제 그 성당은 방치된 지 수십 년이 흐른 흉물처럼 간혹 오싹함과 으스함이 감도는 데다가, 조경 또한 관리되지 않아 마을 미관을 해치고 있을 정도….'

"멍! 멍!!"

"지언 형제. 일단 여기서 벗어나야겠습니다. 영적인 힘이 짓누르려 하는군요."

"죄송하지만, 지금 신부님의 모습이 그 사내 같습니다. 그래서 그 뒤로는 무슨 일이 있었는지요."

주 신부는 기립해서 대답했다.

"그로부터 정확히 나흘 후 새벽에 그 사내가 다시 찾아왔습니다. 말끔한 정장 차림으로 말입니다."

"동일인이라 보기 힘들었겠군요."

"예…. 더구나 정식으로 명함을 건네면서 자신을 큐레이터라고 소개하더이다."

"으르렁! 멍! 멍!!"

이번엔 도안 호수에서 어떤 환청 같은 소리가 들려왔다. 나는 순간 얼어붙었다. 아무도 없는 장소라 여겼는데 '스르륵'이라니! 마치 뱀이 기어가는 소리 같다니!!

'뱀이 스르륵, 스르륵. 그가 말한다…. 뭐?! 뱀이 스르륵, 스르륵?'

나는 눈을 감았다. 또리는 우리 곁에서 꼼짝하지 않고 나를 지켜주고 있었다.

"그 사내는 저를 서둘러 인도했습니다."

주 신부가 모래 위에 세워놓은 횃불을 들고는 말했다.

"그곳에선 정말 새 생명이 탄생을 앞두고 있었고, 저는 복합적인 감정 속에서 생모의 죽음과 한 생명을 동시에 접했습니다. 또한…."

주 신부는 숨을 고르더니 다시 말을 이었다. 언제나 안정감과 무게감이 있을 그의 차분한 바리톤의 음성에서, 왠지 그 사내의 복합적인 감정과 떨림이 전해지는 것만 같았다.

"'김이삭' 당신의 아버지로부터, 눈물의 당부도 함께…."

말하던 주 신부가 암흑 속에 잠긴 수십 킬로나 되는 모래땅을 벗어나려 움직이기 시작했다.

"김이삭 씨는 신신당부했습니다. 본인이 존재하지 않는 순간부터 아무도 모르게 아들을 지켜봐 달라고 말입니다. 당신의 아버지는 영적 시험에 빠진 상태였습니다."

"잠시만 신부님. 이 소리 들리시나요?"

나는 그런 진중한 순간에도 이상한 생각을 해버렸다.

'저 소리는… 혹 뱀이 지나가는 건가? 근데 저건 나를 물 수 없어. 저 횃불로 지지면 되거든.'

그러나 주 신부가 켜 든 횃불의 온기 어린 빛은 스산한 바람에 밀려오는 모래에 의해 점차 사그라져갔다.

그리고 주 신부는 나의 경발(驚勃)함을 그저 무심한 표정으로 한낱 경발(警拔)함으로 받는다.

"무슨 소리 말입니까."

"구, 구렁이 소리가…."

"전 들리지 않습니다. 대신 이곳이 우릴 거부하고 있다는 건 알겠군요. 자, 따라오세요! 여기서 나갑시다, 어서!!"

주 신부는 어둠 사이를 헤치면서 나아갔다. 그러자 떠돌아다니던 흙먼지가 금세 우리를 휘감았다.

'스르륵! 스르륵!'

.

스르륵! 스르륵!!

가까운 과거. A.D 2016년, 처서.

 나는 한 과장의 망후에 관한
여러 대처방안의 비문을 열었다.
 그중, 지언이를 이용한
대비 매뉴얼도 존재하고 있었다.
'친구가 연관되어 있다.'
게다가
 개인 '착복 빨대'를 통해
부를 축적하는
 고위직 인사들과
무차별적인 전방위 로비 속에
 정언 유착의 비호 받는
'A기업'의 비리들 틈에….

에노시마 집사

 때는 다시 A.C 2019년, 9월 중순. 현재는 가마쿠라 시의 에노덴 전철이, 학생들의 통학차가 된 오후 시간대.

 주 신부와 똥개는 그간 피곤했는지, 코를 속이 막힌 피리처럼 골고 있다. 특히, 가끔 영혼을 놓았다가 잡는 듯한 저 괴물 늙은이의 숨소리는 '숨을 힘없이 내려놓는다'라는 표현이 가장 적절한 듯싶다.

 '신뢰는 무슨…. 참 알 수 없는 노인네야. 참 태평한 똥개 새끼고….'

 나는 창밖을 바라보았다. 천천히 스쳐가는 마을 풍경 앞으로, 그날의 스멀대던 기억이 또다시 불쑥 올라왔다.

 "헉헉! 지언 형제. 당신의 집은 불탔습니다. 그리고 인간을 속박하던 모든 시스템 체계가 무너지고 있습니다. 급전직하! 조만간 속보성이 떨어지고 간행물이 판치던 시기로 회귀하겠군요…. 지금 당장 무엇이 보입니까."

 주 신부는 뛰어가며 위를 가리켰다. 나는 놀라지 않을 수 없었다. 아니, 주 신부와 똥개도 착악(錯愕)을 금치 못할 것이다. 마치 삼라한 정령같이 보이는 붉은 것들이 흡사 난자를 찾아가는 정자처럼 꼬물꼬물 떠돌고 있었다. 오직, 판타지의 이계적인 공간에서 가능한 기괴한 광경이었다.

"헉헉! 신부님. 도대체 뭡니까, 저게."

"하늘에서 살별이 살차더니 상망하여 강착하고, 생광이 첩경으로 활착하니 낙착을 짓는다. 그리고 보이게 될 것이니…. 김이삭 형제님이 평소 방언처럼 뱉어낸 말입니다."

"얼른 말해주십쇼! 미치기 직전입니다."

"……그의 신앙관은 송두리째 흔들렸습니다. 그런 그가 저를 찾아왔고 저는 그 전말을 믿지 않았으며, 결국 그는 불의의 사고로 생을 달리했습니다."

"왜 계속 딴 말씀만 하십니까!?"

"……이삭 형제가 떨면서 말하더군요. 나는 '붉은 지옥이 보인다. 제발 살려 달라.'라고…."

그날 우리는 끝끝내 '이질화 현상'의 바깥에 다다를 수 있었다. 그리고 며칠 뒤에 '속수무책 정부. 죽음의 길, 조속한 대처 결의.'라는 제하의 기사를 접하게 되었다. 실제로 정부 파견단은 조사서 작성을 위해 도안동 근린에 발을 들여놓는 일순간 먼지가 되어버렸고 그 분화(分化) 현상이 미치는 범위 테두리에 급기야는 철책선이 높이 둘러쳐지고 숱한 경고성 팻말이 설치되면서, 현재는 인근 지역과의 경계가 명료하게 구분된 '무동기 대규모 테러 현장', 더러는 일부 하층민에 의해, 황폐한 '신의 문' 즉 '잔허의 바빌론'이라 불리고 있다.

―2―

"신부님, 똥개 존하. 다 왔습니다. 일어나시죠?"

나는 언제부턴가 집사의 시무를 담당하고 책무를 다하면서, 앞으로 혁신적인 리더 역할을 할 중차대(重且大)한 그들의 일과 중 어떤 중대한 소임을 소상히 대신하고 전언하는 역할에 심취해있다. 한마디로 그간 해왔던 나만의 행동양식과 사고방식에, 일대 변혁이 일어난 것이다. 이는 내가 원하는 혁신 방향에 무엇보다 마땅히 전제되어야 할 과정이다. 특히 이 고초의 가시밭길에서, 주마연 신부의 제왕적 리더쉽 하에 'workcation' 정착을 위한 제도적 장치 마련을 위해서는 '우리 앞에 펼쳐질 혁신과 계획을 안정적으로 이끌어 주십사, 앙망하는 자세'가 필요하다.

그러나 말이 좋아 그렇다는 것이지. 실은 아주 지긋지긋한 잡일들이 추가된 것뿐이다. 평소 내 모습은 다음과 같다.

우선 엄처시하(嚴妻侍下)!

저 얌체 같은 것들이 잠자리에서 갓 일어나면, 그 즉시 개밥그릇을 대령하는 동시에 차곡한 밑반찬들과 뛰어난 조리 결과를 선보인다. 그렇게 그들의 만족감이 드러난 반응과 한낱 똥배들이 유착히 부른 것을 동력 삼아서 내 긍정의 회로를 가동한다.

·

오, 가우리여!!!

·

'黙れ。'(닥쳐.)

그 다음은, 시하인 개탁 내지 말구종 노릇!

저 시대에 뒤떨어진 주마연 댁네에서 이메일 등 각종 열람 서비스들을 개탁하는 시하인 노릇을 하는 동시에, 디지털 친화력을 그들 대신 발휘해준다. 심지어 한번은, 내가 내담자임에도 불구하고 디지털화된 현대사회를 괴물 늙은이 대신 따라잡아 주고 있는데, 마침 지인에게 임대한 작은 텃밭의 물꼬를 튼다면서 급히 운전대를 맡기고는 나로 하여금 텃밭머리 잡초도 정리할 요량으로 살포와 예초기를 둘러메게 하더라. 그렇게 굼닐기를 백번 천번. 아예 텃밭지기도 모자라 하인 취급까지 하더라. 자기는 그 덩치에 겨우 살포기만 딸랑 책임지면서….

(그래서 야밤에 텃밭을 허실삼아 찾아가서, 푸성귀와 두둑 둘레에 입주한 수단그라스를 조금 뽑아놓고 녹비작물 헤어리베치가 파종된 이랑을 살포시 지르밟으며 고랑으로 흙을 무너트려 놓았다. 상의물론, 그런 까닭으로 풋거름작물을 자비로 구비해야 했지만….)

물론 그 외에 개인 시간은 서로 철저히 노터치… 이긴 했는데, 점점 그 척박한 환경에 적응하는 내 모습을 떠올릴 때마다 짜증이 난단 말이지. 왠지 구닥다리 혁신 세력에 의해서, 우리 'EL' 일족의 빛이 자아실현 욕구와 더불어 쇠잔해 간다고나 할까….

'하아. 저 괴팍한 성깔머리와 똥개 새끼를 제칠 홍일점이 필요한데…. 오, 클르토, 라케시스, 아트로포스여!! 제발, 우아한 백치

미로 무장한 말괄량이로다가 다스리길 바라옵니…'

·

아씨, 떠올리지 마.

—3—

갑자기 어느 멀어져간 일점홍이 떠오르면서, 분노를 입은 그리움에 휩싸이기 시작했다.
'민이린… 그녀가 함께였으면…'
나와 같은 낭만적 사나이는 철새와 같다. 비록 배신하고 떠나간 여자에게 미련 따위는 없지만, 불현듯 또 다른 자아가 영별(永別)을 받아들이라며 모송곳으로 쿡쿡 자신을 찌른다. 어찌어찌 운명의 흐름에 딸려오긴 했으나, 옛 기억을 태운 선들바람이 창틈을 통해 애틋함을 되돌려주고,

·

그거 미련이야.

·

이번에도 또 다른 자아는 어른의 행습적인 행태라며, 콕콕대며 자학한다.
민이린, 그녀와 함께한 나의 영별(另別)한 시간과 그 시대가 '모이라이 여신들' 앞에 외따로 서있기를….
"자자, 가봅시다!"

그때 느닷없이, 내 가녀린 팔뚝을 대략 6척 5촌의 근육질 늙은이가 잡아서 전철 밖으로 이끌었다.

나는 주 신부의 뒤태를 보면서 감탄했다. 허연 모발에 헌칠한 키대와 위엄을 갖춘 풍채….

그리고 생각했다. 만약 저 앞발이 내 목덜미를 잡았을 경우를 대비해서….

이어서 기겁했다.

통상, 학자의 기품이 배어있는 핏줄이 경망을 떨면 생기니까….

항용 일어났고 일어난다.

무신정변의 장효대왕처럼 허리가 꺾여 최후를 맞이하는 경우가.

'암, 그렇겠지. 그냥 열심히 접대해봐야지.'

어차피 우리는 견마지로(犬馬之勞)의 관계에서 크게 벗어나지 않는다. 그나마 다행이지 않은가. 어느 외딴 북사면의 음습한 수중(樹中)에서 뒤질 일은 그다지 없을 테니까.

"우리 친애하는 지언 형제. 이번이 세 번째 신사인가요? 정말 수리들이 앉아있군요."

"네. 신기하게도 그러네요."

이곳은 에노덴 전철 라인의 하세 역. 간혹 '매를 조심하세요.'라는 팻말을 접하는 가마쿠라에서도 진귀한 광경으로 간주할 장면이 펼쳐지고 있었다. 우리 주변 가옥의 지붕들과 그 새로 자리한 적송들, 가로수들, 그리고 저 멀찍이서 갓 변색하기 시작한 취록에서까지 맹금류가 포착되지 않는가.

나는 자연스레 광광(恇恇)하여 압도당한 나머지 사족을 달았다.

"근데 신부님. 우리 여기 말고, 딴 데 가보지 않을래요? 듣기로 '가마쿠라코코마에'쪽에 능남 고교가 실재한다고 해서요."

"딴죽은 안 됩니다. 주변을 보세요. 매들이 주로, 한 방향으로 향하고 있습니다."

"아쉽네요. 진짜 로망이었는데…."

참고로 가마쿠라시는, 한때 내 순심에 불을 지폈던 청춘만화 슬램덩크의 오덕후들 성지. 나는 안타까운 심정으로 오밀조밀한 주택들 사이로 멀어지는 에노덴 전철을 바라보았다.

"그나저나 말 좀 놓으세요, 신부님."

"예, 알겠습니다. 흠흠! 세상이 바뀌고 있다네, 친애하는 지언 씨. 그러니 얼른…!?"

바로 그때, 하세 역 근방의 재즈 바 1층에서 한 여인이 우리를 쳐다보는 것이 느껴졌다.

우리는 곧바로 시선을 돌렸다. 어떤 여인이 재즈바 창문을 통해서 이쪽을 응시하고 있었다.

나는 손가락으로 내 얼굴을 가리키며 복화술로 얼른 반응했다.

"나요? 정말 나?! 정말 나 맞아요??"

그러자 그녀가 즉각 웃음으로 화답했다.

아, 저 촉촉이 젖은 눈동자. 엷은 자줏빛 홍조로 물든 뺨. 저건 분명, 사랑의 늪에 빠져버리기 직전의 얼굴!

'아, 이 황홀한 기분…. 분명 저 여인네는 저것들 사이에서 나를 구해줄, 한 떨기 꽃과 같은. 아… 어서어서, 우리 일행으로 초대하고 싶어라. 아… 어여어여, 그녀와 흘레붙고 싶어라….'

"컥!!!"

마침내 주 신부의 굵은 앞발이 내 목덜미에 얹히고 내 헤벌쭉한 입을 꽉 닥치게 하였다. 그렇지만 참으로 억울하다. 현 상황은 통속적인 도식에 포함된, 통속성 호기심에서 기인한 것이다. 필시 상당수의 건강한 수컷들은 세상과 절세하는 한이 있더라도, 당장 '재즈바'로 달려가서 그녀의 마음으로 기어들어 갈 것이고, 대개 지복(至福)이란, 다 그렇게 일반적으로 시작되지 않는가. 더군다나 맨드리의 미추는 일신에 감도는 기운으로 결정된다는데, 저 고운 무늬로 수놓은, 단정한 유카타 차림의 신비로운 자태는 단연코 경국지색이 풍기는 분위기와 유사하다. 심지어 저 고혹적인 표정은 틀림없이 나를 유혹하기 위한 의지의 표현!

"신부님, 말리지 마십쇼. 이건 남자의 사명입니다."

물론 나는 불과 수개월 전까지만 해도 '순수한 사랑' 같은 고상한 것에 관한 소명을 즐겼다. 그러나 지금은 사랑에 실패하고 뜯게옷 모양새나 다름없는 처지인 부랑자일 뿐이고, 그래서 바야흐로 제3의 전성기를 맞이할 현재는 추태를 날리는 데 있어서 적극적으로 임해야 한다.

．

어이! 주 신부, 야차모드 ON!

．

'黙れ! 話すな。'(닥쳐! 말하지 마.)

흠흠! 비록 지금은 이 몸뚱이를 추레한 차림으로 가리고 있사오나, 제 자랑이라 함은 평소엔 주로 독선화하면서 지내다가, 연애할 시에는 간혹 입을 헤벌쭉 벌리고 은근히 직수굿한 태도를 보임에 있사온데, 특히 그러는 중에 부리는 습습한 맵시는 가히 일품이라 자평하옵니다. 그러므로 이리 쭈그러진 머리매무새를 가다듬으며 당당히 다가갈까 하옵니다.

"저기… 친애하는 지언 형제님?"

"어떠신지요."

"뭐라고요?"

"아, 아니… 예에!! 주 신부님??"

"잠시 저 매들을 봐주십쇼. 왠지 쟤네…. 우릴 노려보는 거 같지 않습니까?"

과연 그러했다. 실제로 재즈바의 건물 옥상에서 매들이 활강하려 자세를 취했다. 정확히 우리 쪽을 노려보며 말이다. 그 순간 나는 이딴 생각을 해보았다.

'감히 새 나부랭이가? 야, 덤벼 덤비라고! 우리에겐 괴물이 있다고!!'

"껄껄껄!"

그러나 그 인간은 또리를 안은 채, 이미 내 곁을 떠나가고 있었다. 아니 칠칠치 못하게 줄행랑을 치고 있었다. 문자 그대로 양두구육(羊頭狗肉)!!!

'거참, 수단(사제복) 양(樣)이 꼭, 보기 흉한 배내옷 같구먼…'

그리고 그 순간, 우선 세 마리의 매가 특유의 날카로운 소리를 내지르더니 곧바로 활강했고 나머지 매들도 마치 겨끔내기로 곡예 하듯 지붕 위를 한 바퀴 날아돌다가, 급히 선회하여 활강하였다. 생각보다 거대했다. 문득 '매를 조심하세요.'란 팻말이 머릿속을 스쳐 지나간다.

"에라이, 이 치사한 늙은이야!!!"

나는 부리나케 주 신부의 널쩍한 뒤태를 쫓아갔다. 실은, 한낱 조류에게 마치 어딘가로 이끌리듯 인간몰이 당하는 자존심 상하는 일이 벌어진 것이다.

"또리 머리! 또리 머리요!!"

"형제님도 머리 위! 머리 위!!"

"멍! 멍!! 으르렁, 멍멍멍!!!"

이번에는 앞선 세 마리 매들도 서로 번갈아 곡예비행 펼치듯 우릴 앞질러서 도로 위를 활주하였고 그 후발대는 내 뒤쪽을, 내달리는 족족 점거하였다.

"헉헉! 신부님. 여기는 대체…"

"……"

어느새 우리는 어떤 거대한 불상 앞에 당도해버렸다. 아마도 이곳은 열도의 3대 불상 중, 두 번째로 크다는 일명 '가마쿠라 다이부스'가 존재하는 고토쿠인(고덕원). 곧이어 뒤늦게 도착한 매들이 하나둘 합류하여 무리 지어 몰려다녔고 얼마 뒤에 대불 위에서 원을 그리며 창공을 맴돌기 시작했다. 주 신부조차도 예상을 뛰어넘는, 시각효과 위주의 짜임새에 당혹감을 감추지 못했으며, 나와 또리도 하로전, 중로전, 대웅전 등의 만듦새를 차례차례 거치면서 마치 억압하듯 펼쳐진 연출에 주 신부 곁에 착! 달라붙을 수밖에 없었다.

그렇지만 우리는 마치 가량맞은 수다쟁이처럼 감탄사를 큰 소리로 연발하였다.

"오, 생각보다 크군요."

"와. すばらしい!!!" (훌륭하다!)

결코 매에게 노려지는 순한 토끼처럼 보여선 안 되기 때문이다.

・

すごい…。 (굉장하네….)

・

그 순간 우리 뒤편으로부터 무척 청아한 목소리가 들려왔다.

"여러분. 잘 찾아오셨어요. 제가 보낸 편지가 잘 도착했나 보네요."

나는 쭈뼛, 쭈뼛 힘겹게 뒤돌아보았다.

위엄이었다. 존엄이자 권위며 위세였다. 저 하늘의 제왕(검독수리)이 활짝 거대한 날개를 펼쳐서 마치 낙엽비행 하듯 천천히, 천천히 그 경외의 대상을 향해 내려앉는 모습이….

．

すごい美人! (대단한 미인!)

．

"정식으로 인사 올립니다. 저는 에노시마 집사 '사사키 렌 하루코'라 하옵니다."

그리고 한동안 매 떼는 고요했다….

가까운 과거. A.D 2016년, 입동.

　지언이네 근방의 편의점 테라스.
지언이를 만나는 중이다.
　'각주구검, 2국장….
불법추심을 당한 전례, 최병직….
　행방불명, 1국 2과 1팀의 한 과장….
그리고 같은 1팀의 이지언….'
　그 녀석이 나를 쳐다본다.
나도 녀석을 쳐다보았다.
　그러자 녀석이 그간 있었던
일들을 털어놓는다.
　'현재 외압으로 인해
비리에 관한 진전은 없다.
　너도 제발 불지 마라.
행방불명 건을 엮을 순 없어.'
　다행히 녀석은
중요 정황을 일절 털어놓지 않았다.
　그래도 나를 믿어줘서 고맙다….
'아무려면, '그 건'에 네가 연관됐을 리가
　없어.'

찰나의 그리운 순간

 그야말로 완벽했다. 주 신부가 뭐라 씨불이든 간에, 공중대고 역성들고 싶을 정도로 아름다웠다.
 저 결곡한 맵시를 보라. 저 말초적인 자극을 주는 유카타를 보라. 저 잘록한 허리, 저 가녀린 팔목이 드러나는 우아한 긴소매, 저 고운 무늬를 자수(刺繡)한 유카타가 내는 관능적인 소리에 집중해보라. 조화롭지 않은가? 또한 그녀의 손목에 앉아있는 맹금류와의 조화는 어떠한가. 그 우짖음마저 신비로운 한 곡조, 아름다운 한 곡조의 일부로 들리지 않는가?

．

 살가죽 뜯기고 싶나 본데.

．

 그러나 사사키 렌 하루코, 그녀의 손목에 앉아있는 검독수리는 또리의 머리, 아니 우리의 살가죽을 뜯고 싶은지 날카롭고 매서운 눈빛으로 노려보고 있었다.

．

 그러므로 말미암아 등골이 오싹하지 않는가?

— 2 —

"제 친구들이 무례를 범했네요. 대신 사과드립니다, 이지언 님 그리고 주마연 신부님."

"아닙니다. 대신 잡다한 과정은 생략할 테니, 얼른 치워나 주십쇼."

나는 위를 가리켰다. 혹시 우리의 목숨이 위태롭지 않을까 하는 초조감에, 절로 요의(尿意)가 느껴진다…. 대략 서른 마리 정도의 매가 천공을 맴돌고 있었다.

그녀가 자기 팔목에 앉아있는 독수리를 바라보며 내게 다가왔다.

"우선 이 아이를 따라가 주세요."

"참 무례하십니다. 우린 영문도 모른 채 비명횡사할 뻔했습니다."

참다못한 주 신부가 격앙된 목소리로 분노를 표출했다.

그러자 그녀는 한층 더 고운 자태로 차분히 답했다.

"큰 오해가 있나 보네요. 한번 주변을 둘러봐 주십쇼."

이윽고 그녀의 대답에 따라 주변을 둘러본 주 신부는 말을 잇지 못했다. 단지 평상심만이 흐르고 있는 우리 주변이 아니던가.

고토쿠인은 신축 공사가 한창이었다. 그리고 웬 미장이들이 초벽치기를 하다가 중동무이하고 목례를 보내왔다. 그들은 벽중깃의 안쪽에 애벌로 흙을 바르고 있었는데, 이내 흙손과 흙받기를 놓고는 중도에 사찰 바깥쪽으로 자리를 떠버렸다. 그나마 한 소제부 어르신이 짤가당짤가당 남은 연장을 정리하고, 두 여인이 대불 왼편에서 평온한 표정으로 정숙히 묵례하고 있었기에 망정이지, 그렇지 않았다면 왠지 우리가 사찰을 시공하는 사품에 씨양이질하는 훼방꾼이 된 듯한 상황이었다.

그리고 우리에겐 마치 사변 같은, 단지 탈일상적인 현 상황이, 가마쿠라시에 안접하고 있는 잡역부와 그들에겐 흡사 끊을 수 없는 유대 형성의 일부처럼 깊은 안정감을 선사하는 일상 같았다.

나는 저들의 태도가 가령 '화전양면전술'같은 것이 아닐까, 모처럼 되찾은 이 평정심이 혹여나 사라지지나 않을까 하는 숨 막히는 불안감으로 고통스러웠다. 게다가 그로 인해, 내 방광에 모인 소변이 요도로 새어 나오기 시작한다.

렌 하루코가 말했다.

"'고토쿠인'은 여러분을 환영합니다. 자, 이제 이 아이를 따라가 주시겠어요?"

"거, 환영식 한번…. 지언 형제, 조심!!"

주 신부의 말이 끝나기가 무섭게 독수리가 날아올랐고, 녀석은 우리 둘레를 주회하고는 불상 왼편으로 천천히 저공 비행하였다. 낮은 산자락의 하단부에 있는 전통가옥 방향이었다.

나는 잠시 주 신부의 눈치를 보다가 그녀에게 물었다.

"저 급해서 그런데, 화장실이 어디죠? 그리고 바로 씻고 싶은데…."

"일단 이 대나무 길을 지나야 합니다."

"흠흠!"

주 신부가 불만이 가득한 매서운 눈빛으로 나와 렌 하루코 사이에 팽팽한 긴장감을 불어넣으려 했다. 아마도 주 신부는, 내 방광이 또 다른 의미의 신호를 준다고 여기나 보다. 어떤 므흣한 사심으로 마치 용로(鎔爐)처럼 욕동이 끓어올라 폭발 직전이라는 뭐 그런….

.

뜨겁네, 그거.

.

그러자 바로 이를 눈치채준 그녀가 다행히, 자연스레 역성들어주었다.

"그럼 따로따로 안내해드릴게요. 금방 갈림길입니다."

그렇게 우리는 불상의 후편에 나 있는 대나무 길을 따라 낮은 산자락을 올랐다.

나는 수림길을 지나면서 조신한 그녀의 행동 하나하나를 즐겨 바라보았다. 또한 그녀에게 접근하는 방법은 물론, 구애를 위한 다양한 가상의 행동을 머릿속에 떠올렸다. 일명 뇌내망상. 설령 그렇다고 하더라도, 이제껏 목적이 분명한 일탈은 대개 성공적인 결말을 낳았다. 설사 음흉한 개수작일지라도 말이다.

그때 렌 하루코가 입을 열었다. 어느새 양 갈래 길에 다다른 것이다.

"좌측은 고적(古跡) '하세데라'로 가는 방향, 우측은 숙소로 가는 방향입니다."

"먼저 가 봐도 될는지요."

주 신부는 무척 음침해 보이는 좌측 길을 향해 고갯짓했다.

"먼저 가신다고요?"

렌 하루코가 되물었다. 그녀는 알맞은 선택을 하기 위해 잠시 고심하는듯했다.

"네, 알겠습니다. 금일 하세데라는 여러분만을 위합니다. 맘껏 즐기시지요."

"그럼 지언 형제. 이따가 숙소에서 봅시다."

"예! 저도 알겠습니다!!"

오, 드디어 우리 둘만의 데이트 시간이라니…. 저 늙은이가 어쩐 일로 묵묵히 '하세데라'로 향하다니….

'이제 우리 세상이구려. 렌 하루코 상!'

"낑낑낑."

'에참, 하필 오늘 발정날 게 뭐람. 저 새끼….'

그런데 갑자기 또 다른 능글맞은 수컷이 수더분한 척하면서 훼방을 놓고 있다.

"かわいいこいぬ。(귀여운 강아지) 지언 님! 이 예쁜이 이름이?"

"또, 또리인데요…."

나는 발날로 또리를 좌측으로 밀쳐내며 생각했다.

'에비, 에비! 부정 탄다, 부정 타! 냉큼 꺼지거라.'
"요놈은 똥개에요, 똥개. 하하하!"
"이리 오렴, 또리야."
그러자 렌 하루코가 조신하게 웃으며 말했다.
"지언 님. 동물의 직감력은 놀라울 정도랍니다. 앞으로 예뻐해 주세요, 아셨죠?"
말하면서 그녀는 또리를 들어 올려서 품 안으로 가져갔다. 가냘픈 몸매와 달리 의외로 힘이 센 그녀였다.
"멍멍멍!!!"
"어머! 귀여워라!!"
"아니, 이리 환하게 웃으시다니… 아무럼 좋습니다. 하하하!!!"
그렇게 우리 두 수컷은 '현실 천사'의 향기에 둘러싸여 우측 길로 들어섰다.
나는 대략 다섯 걸음을 걸을 때마다 그녀와 관련된 착상을 얻었고 그것만으로 그간 더러웠던 기분이 어느 정도 풀리는 듯하였다. 생각해 보라. 다섯 걸음 내디딜 때마다 그녀와 가마쿠라 해변을 걷고 있고 그럴 적마다 내 팔짱을 낀 채로 안부를 묻곤 하는데, 어찌 기분이 정화되지 않을 수 있겠는가! 심지어 근래에는 그런 참다운 관심을 현실에서 아니, 상상에서조차 받아본 적이 없었다.
"렌 하루코 상. 혹시 저기가 숙소인가요?"
"예, 그렇습니다."

"와, 도서실이 붙어있네요? 혹시 독서 좋아하세요?"
"예. 조금."
"독서란 뭐라고 생각하시나요?"
나는 자칫 깐깐하게 비칠 수 있는 상황을 엉겁결에 만들어버렸다.
"지름길입니다."
"와! 완전 지성인!! 근데 제가 너무 고지식했나요? 하하하."
"무턱대고 터부시할 면은 아니라고 사료됩니다."
"그럼 오늘 저와 함께, 그 말씀하신…?"
"어머나! 지언 님, 또리 좀 봐요. 너 애교가 많은 아이구나? 이리 오렴, 예쁜이."
하지만 그 후로 더는 정신적인 교류를 나누진 못했다.
이토록 지적인 수작질이 총 5분도 채 넘기지 못하다니…. 역시, 형식을 위한 형식에 매몰되면 그 본연의 목표와는 거리가 멀어진다. 저 야살스러운 수컷이야말로 신체적 교류까지 즐겨 나누었던 진정한 승리자. 나는 갑자기 반문하고 싶다. 저런 본능에 충실한, 노골적인 용광로 개수작이 되레 무난히 먹히기가 용이하냐고….

'아오, 내가 원래 무던한 놈인데… 완전 저 시키한테 속고 있으신 건데….'

얼마 뒤에 렌 하루코가 그 변태 짐승을 가슴골에서 떼어내며 말했다.

"이만 가보겠습니다. 오늘은 하세데라를 둘러보시고 편히 쉬시지요. 내일 뵙겠습니다."

그렇게 나는, 그녀와 잠시간 나눈 석별의 복받치는 아쉬움을 골수에 남길 수밖에 없었다. 때때로 도도하고 힘이 세며 때로는 말이 없다가도 미소 짓는 팔색조 그녀이기에… 그리고 그만큼 신중히, 내일의 그녀를 맞이하기 위하여….

では、またお会いしましょう。僕の天使。
(그럼, 또 만납시다요. 나의 천사.)

가까운 과거. A.D 2017년, 상강(霜降)

  실은 A가문이 내게
돈을 쥐어 주었다.
  거절하기 힘든 액수였다.
그들이 원하는 건
  지언이를 감시하는 것.
어지간히도 친구의
  입(비리 폭로)이
무서웠나 보다.
  물론 거절했다.
'이딴 협박성 회유를
친구에 이어, 감히 나까지…'
  나는 징려하는 사법관이다.
곡학아세(曲學阿世)를 지양하고
  도탄지고(塗炭之苦) 돌봄을 지향하며
혹세무민(惑世誣民) 무리를 견제한다.
  '두고 봐라…'
행방불명 건의 물증만 잡힌다면
  우선 보호하고 역공한다!

선시를 쓰다듬는 꽃잎…. 얼근한 취기, 환상 말고

두둥! 가마쿠라의 은밀한 숙소의 노천탕에서, 하찮은 두 수놈의 눈부신, 다만 분수에 넘치는 등장.

"무가 발흥 역사의 기원, 미나모토노 요리토모. 지방분권적 봉건국가, 봉건주의의 기초가 확립된 가마쿠라막부. 옛적부터 군사적 요충지로 낙점받았고… 아… 나른하다, 나른해. 안 그냐?"

"멍! 멍!!"

우리 두 댕댕이 모두는 과도한 반신욕으로 인한 지나친 혈액순환 덕에 몸뚱이가 늘어질 대로 늘어져 있다. 한 수놈은 방울땀이 상체에 오종종하게 내밴 채로 산해(山海)를 벗 삼아 독서 중이고, 한 얄망궂은 수컷은 하루치 식량을 훌부셔 흡입하고는 자기가 거령맞은 입장임을 잊은 채, 시월벚나무 분재들이 둘러싼 '히노끼 탕'에서 마치 아기처럼 연방 배냇짓을 하는 중이다.

숙소 근방에선 '춘추화'의 벚꽃들이 흡사 무용수가 춤을 추듯 공중에 떠다니고 그 꽃잎들은 기지한 몸을 마무하듯 물낯에 착지하여, 동동 둥둥 무수한 형태를 이루며, 비록 한로(寒露)임에도 봄기운으로 뒤덮인 환상을 선사한다.

― 2 ―

"그만 가자꾸나, 또리야."

나는 녀석과 함께, 혼곤했던 정신과 데식어 버린 몸뚱이를 달래고 뒤늦게 주 신부를 찾아 나섰다.

현재는 초저녁. 오늘도 그 '경구금 센터, 발 달린 고해소'로 마치 구인되듯이 들어간다. 매번 찾아오는 고달픈 시간… 바로, 촌학구 꼰대가 나를 무지몽매 취급하는 일석(日夕)의 한때….

'오늘도 나를 자의식 과잉이다 뭐다, 귀찮게 하겠지?'

그래도 견뎌야만 한다. 설령 그것이 즐기기 힘든 고문실의 취조일지라도 마주쳐야 한다. 혹여 나타날지 모를 내 안의 괴물을, 또는 실체가 불분명한 '적안'의 공포를, 그 시간을 통해 맞서고 들여다보며 경계할 수 있으니까….

나는 하세데라의 후문을 지나서 하경내로 들어섰다. 사원과 함께 미구한 세월을 거친 아담한 연못, 방생지(放生池)와 물레방아가 우리의 시선을 끈다.

그때 어디선가(내 머릿속은 숙소에서부터.) 날아온 춘추벚꽃 무리가, 갈지자로 빗금을 그으며 너불너불 연못에 떨어진다. 수면 위에 앵화 잎들이 희끗대고 그 광경은 시시오도시가 띠는 시원한 가락 및 스이긴쿠츠에서 낙하하는 물방울 반향음과 금성옥진을 이뤄, 우리에게 차분함을 불러일으킨다.

'내 생각도 부디 한 방향으로만 흘렀으면….'

곧바로 또리에게 물었다.

"얌마. 내가 정말 사람을 해친 걸까?"

"멍! 멍!!"

"뭐? 그렇다고?"

"지언 형제. 자신부터 신뢰하세요, 이 연못처럼 정돈되길 원한다면."

어언간 주 신부가 내 옆으로 모습을 드러내며 말했다.

나는 연못에 눈을 떼지 않은 채 눈살을 찌푸렸다.

"제 주변이 죽음으로 얼룩진 것을 제일 신뢰합니다."

"걔 중 우연사도 있고 자연사도 있고 의문사도 있습니다. 더구나 아직 한 과장의 생사여부도 모르거니와, 행방이 묘연하다는 이유만으로 원인과 실체가 불분명한 사건을 죄의식과 연관관계에 놓지 마세요."

"이젠 죄의식이 아닙니다. 그 모든 건 나와 함께 실존했고 여전히 나로부터 실존합니다."

"더는 자의식에도 매몰되면 안 됩니다. 이거내세요. 답파하셔야 합니다."

"지극히 편향된 시선입니다."

이것으로 '주 신부가 나의 모든 말을 완전히 신용하는가?'란 의문은 이번에도 해명되었다. 역시 저 괴물늙은이는 그저 나를 '연고자 없는 놈'이라 도타이 여길 뿐, 실제론 내가 '일부를 꾸며내는 것'으로 헛심 쓰며 허송세월했다고 인식한다.

나는 바로 반격했다. 또리는 어색하고 민망했던지, 방생지에 코를 맞대어 비단잉어들과 소통하는 길라잡이의 바른 모습을 홀로 보였다.

"그럼 신부님은 제 허구를 증명하려 같이 다니시나요?"

"오우! 진정하고 젊은이, 저길 좀 보게나."

매번 이런 식이었다.

'이럴 때만 젊은이는 무슨, 빌어먹을 노인네.'

그래도 직후에 나는 바로 주 신부의 말을 따라 그대로 시선을 옮겼다. 그러자 방생지에서 우측 상단으로 대략 20미터 떨어진 부근에 '도리이'를 앞에 둔 암굴의 입구가 보였고, 어느 여성 무리가 그곳으로 줄지어 들어가고 있었다. 무려 서른 명이 훌쩍 넘는, 마치 춘기(春機)를 풍기는 듯한 벚꽃 행렬이었다.

우리는 궁금증을 자아내는 그녀들을 유심히 지켜보았다. 그러고는 이내 바짝 따라붙어 보자는 눈빛을 서로 교환하였고, 내 의중을 파악한 또리는 갑자기 돌변하여 비단잉어들을 첨벙첨벙 내쫓더니 내 주변을 지랄발광하며 맴돌았다.

'그러면 그렇지. 어디서 얌전한 척이야.'

역시 본체는 그저 여자에게 시선폭력을 일삼는 막대잡이 정욕주의자였다. 녀석은 곧장 목표 지점을 향해 쿵쿵대며 종종걸음을 놓다가, 순식간에 들입다 돌진해서 자기 코를 몇몇 치마폭에 대고 쿵쿵거렸다.

'요 새끼, 인제 보니….'

지 주인처럼 대범한 녀석이다. 단번에 수많은 벚꽃의 시선을 강탈할 줄 아는 명철한 수사자이다.

'스승님. 너는 꽃내음을 맡는 게더냐, 혹은 몸내음을 맡는 게더냐.'

"멍! 멍!!"

'아… 그것이 그것이로구나. 나도 스승님처럼 정직해져 보리라. 으음… 이 후각을 장악하는 진한 체취! 진한 향기! 킁킁!!'

.

이런 짐승들.

.

"제가 안내해드리지요."

그 순간 한 안내인이 우리를 막아섰다. 유카타 차림의 해말쑥한 여인이다.

"저곳은 어떤 장소입니까?"

주 신부가 마치 적대시하듯 무심히 물었다. 그에게 있어 그녀는 단지 적선하는 척하며 적악을 일삼는 부류에 불과할지도 모른다.

"평소엔 인승(人乘)을 위한 '기도당'으로 쓰이는 '벤텐구츠'(변천굴, 弁天窟)입니다. 저 무희들은 앞으로 있을 아키마츠리(가을축제, 秋まつり)를 위해 기도를 드릴 겁니다. 그러면 이쪽으로."

우리는 다수한 유카타에서 새는 농후한 체취와 '사적 여유'라

적혀있는 벤텐구츠의 간판을 뒤로하고 안내인을 따라갔다. 그녀 또한 나만의 렌 하루코처럼, 봄 향기가 물씬한 향내로 우리를 이끌었다.

"현재 우리가 지나는 곳은 사계절 내내 꽃이 끊이지 않는 하세데라의 정원, 묘지지(妙智池)입니다. 대표적으로 2월 매화, 4월 벚꽃, 5월 모란, 특히 6월에는 각양각색의 수국으로 뒤덮입니다."

"신비의 옷을 입는군요. 허허허."

"멍! 멍!!"

실제로 나와 또리는 가을벚꽃이 만발한 신비한 세상에 들어와 있었다. 더구나 이곳 안내인조차, 한눈에 보아도 감탄할 만한 미색을 지니고 있지 않은가.

현실 망각에 빠질 수밖에 없다. 우리 수컷들의 입맛을 돋우는, 싱그러운 분홍정원의 너풀너풀 나부끼는 매력에 홀라당 넘어갔으니 말이다.

이제부터 그대들이 풍기는 춘기를, 나 역시 암수 사이의 정욕으로만 받아들이리.

"그만 보시고 따라오시죠…."

.

어머! 이 짐승들! …… 응당, 그런 눈빛이군.

— 3 —

 우리는 묘지지와 방생지의 샛길을 지나, 여러 화목으로 녹음이 짙은 비탈길 석단에 올랐다. 하세데라를 상징하는 지장보살 '료엔지조우'를 대면하니 두 번째 석단이 나오고, 그 양 가녘에 우리를 지켜보는 소불들이 가지런히 나열돼 있었다.
 주 신부가 물었다.
 "왜 이리, 소형 석상들이 많은 겁니까?"
 "하세데라는 미즈꼬스카(수자총, 水子塚)의 역할도 겸합니다. 저것은 세상의 빛을 보지 못한 자들, 즉 아기 영혼들의 공양을 위한 보살상, '지장보살'입니다."
 "미즈꼬스카…."
 "'미즈꼬'는 중절한 아기, 유산된 아기의 의미를 지닙니다. 참고로 가마쿠라 시대에도 중절아의 영을 천도했다는 기록이 남아 있죠."
 안내인은 렌 하루코처럼 언행에 실수가 없었고 또한 형철하고 혜철하기까지 하니, 가히 재색을 겸비한 게이샤였다.
 "저 사찰을 보시죠."
 우리는 그녀의 말에 따라, 석단 너머의 먼발치를 마치 포섭되듯 올려다볼 수밖에 없었다. 가을 단풍이 우거진 새로, 서방정토(극락정토) 사찰의 이끼 묵은 처마가 은현하고 있었다.
 "지장당(地藏堂)… 현재는 '염부나타로 가는 지름길'인 '심연염부제'로 불립니다. 중절아의 영을 기리는 이 '천체지장'들은 저 주변 만지이케(卍字池, 연못)까지 이릅니다."

'우리나라로 따지면 수자령 뭐 그런 건가?'

생각하면서 나는 주 신부의 표정 변화를 곁눈질로 힐끗 쳐다보았다. 마치 사산되어버린 태아령에 일체가 된 듯이 의외로 담담한 표정이었다.

안내인은 천체지장들 위로 흡사 빗금을 긋듯 떨어지는 꽃잎과 나뭇잎을 보며 말을 이었다.

"어느 신사엔 텐죠 3년에 아기들의 영을 천도했다는 기록과 간세이 5년, 인구 조절에 희생된 미즈꼬를 위해 지도자가 총을 세웠다는 기록이 남아있습니다. 역사의 슬픈 단면인 셈입니다."

"하긴 요즘도 궁핍과 낙태의 상관관계는 여전하죠. 으레 궁핍한 현실이 우선이고 낙태 문제 인식은 주로 버금이고요…. 여전히 세평의 법감정에서조차 낙태가 밀리는데, 예전엔 어련했겠어요."

나는 탄생의 어두운 부분을 접한 뒤에 저절로 숙연해졌다. 그러면서 예부터 이어져 온, 인류의 악조건 속 사투가 머릿속에 그려졌다.

"그럼 이제 올라가 볼까요? 이 길은 본당 관음사와 견청대(見晴臺, 전망대)가 있는 또 다른 경내지, 상경내로 통합니다."

— 4 —

"이 구역부턴 상경내에 속합니다."

우리는 푸른 적송이 무성한 자락 길을 통해 최종목적지로 직향하고 있었다. 그러나 나는, 사방을 온통 지장보살로 에워싼 '지장당'을 떠올리고 있었다. 좀처럼 의심을 내려놓지 못한 까닭에, 여간해선 헤어날 수 없는 굴레를 자초하여 맴돌고 있었다. 물론 공연한 의문을 품은 것만이 아니었다. 단지 까닥하면 실족하게 되는 무한반복, 의심의 구간이 내 마음이 아닌 그곳으로부터 존재하고 형성되었기 때문이다.

왠지 출구를 영영 찾을 수 없을 것 같은, 의심을 일으키는 형상… 지장당….

지장당은 한껏 예술적 감각으로 그려낸 기괴함을 풍겼다. 그 주변에 설시된 층층단부터 지장당 초입에 자리하고 있는 만지이케(연못)까지 '천체지장'이 길게 늘어져 있을뿐더러, 지장당 후면부로부터 대략 50평의 부지를 수직 첨탑의 '플라잉 버트레스'(외벽에 덧댄 기둥, 버팀목)들로 지탱한 타원형의 증축건물이 차지하고 있었다. 안내인에게 언뜻 듣기로는 과거엔 지장보살을 봉안한 사찰이었다는데, 그런 곳이 보존은커녕 되레 증축건물의 허름한 입구로, 달랑 '심연염부제'란 간판을 달고 사용되고 있었다. 더구나 증축건물의 하부는 로마네스크 양식으로, 금색 나무줄기 문양이 섬세히 조각된 순백 대리석의 '블라인드 아케이드'가

둘러있는 반면, 그 중부는 '이오니아식 오더'로 구성된 로지아 위에 마치 레이스로 짠 듯한 첨두아치와 반원형 박공이 아래위로 둘러있었고, 상부의 지붕 형태는 긴 첨탑과 어떤 '생경한 표상'이 옥색 돔 위에 차례대로 얹어진, 자못 기하학적인 구성이었다.

전체적인 외관이 전해주는 인상도 썩 독특한데, '플라잉 버트레스'의 맨 아래부터 시작된 금색 나무줄기 장식들이 여러 갈래로 갈라지고 퍼지면서, 순백 중축건물 사방에 설치된 나뭇잎 형태의 스테인드글라스 창들로 이어져서 흡사 땅으로부터 올라와 외관을 휘감은 듯한 매혹적인 모양새로 꾸며져 있었다. 심지어 이것은 구건물 '지장당'의 후면에 설치된, 본건물의 실질적 입구인 '청동문'까지 침투하여 위엄을 뽐냈다.

'참 괴상한 형상일세. 청동문을 사이에 두고 현세와 천상 건물이 공존하는 느낌이야. 거기에다 중축건물은 어떤 중요한 용도로 쓰이는지 폐쇄되었고…. 심지어 만지이케(연못)에서도 이상한 점을 발견했어.'

나는 비밀이 숨겨진 그늘 속으로 더욱 깊이 들어갔다. 그도 그럴 것이, 붓다의 만덕을 상징하는 '만자 만(卍)'형태의 만지이케를 '열십자 형태'로 교묘히 변형시킨 흔적을 발견했던 것이다.

그러나 아직 언짢은 마음을 내색지는 않았다.

'일단은 도광양회! 그 옛날 인의군자가 난세의 간웅에게 그랬듯, 우선 먼저 숨죽이고 지켜보자.'

나는 계교를 꾸며서라도 우리의 안존을 유지할 수밖에 없었다. 더군다나 방금 막 관음사를 건너뛴 주 신부 또한, 최근 건청대에 가설된 높은 첨탑을 눈여겨보고 있지 않은가. 그 형태는 '현 지장당'의 지붕, 그러니까 '심연염부제'의 지붕과도 유사해 보였다.

나는 주 신부의 깊어가는 고심도 염두에 두었기에 일부러 객쩍이 시설대는 모습을 내보였다.

"신부님, 신부님. 또리하고 해안가 거니실래요? 아까 숙소에서 바다를 봤는데 수평선이 글쎄, 아주 죽여요, 죽여. 그 뭐야, 특히 에노 섬!! 거기로 가볼까 하는데요."

그때 안내인이 자연스레 내 앞길을 막아섰다.

"그럼 건청대 카페를 이용해보시겠습니까?"

"카페는 됐습니다."

그러자 주 신부가 그 즉시 강렬한 어조로 되받아쳤다. 어차피 상대방이 사건을 배제할 터라 여겼기에 지체 없이 내뱉은 것이다. 그는 출구 쪽으로 방향을 틀며 물었다.

"안내인 양…. 혹시 저희 선택지가 한정적입니까?"

"아닙니다."

안내인은 짧게 답하고는 고개를 공손히 숙이더니 한 발짝 물러섰다. 보는 사람마저 거북하게 하는 대화가 오가던 중에, 두 사람 간 수화상극(水火相剋)의 기운이 감돌았다.

나는 즉각 사태의 전말을 밝히는 마인드로 다시 입장을 선회하였다. 주 신부는 안내인을 간교한 인간으로 규정하여 그녀의 간흉한 속셈을 현재 잡아내려 하고 있다.

"지언 형제. 그냥 올라가 볼까요?"

"그저 따르겠습니다요."

우리는 그길로 '견청대 첨탑'으로 들어가 와선형 돌계단을 밟았다. 그리고 어쩌다 스테인드글라스의 창턱을 넘어오는 풍랑을 맞으며 망루에 올랐다.

'아무래도 그냥 에노섬으로 갈걸 그랬…… 와…'

"와우!!"

나는 주 신부가 내뿜는 강한 기운마저 압도하는 '가마쿠라'의 절경을 목격하였다. 에노시마 뒤편의 지평선 너머로 석양이 지고 있었다. 게다가 석양을 받은 암청색 바다는 반짝반짝 퍼지는 물비늘을 점점 세차게 이루고… 창천은 그 해면에 비친 자신을 벌그숙숙하도록 시기하며, 물비늘의 은빛조각을 급기야는 허연 해안선까지 일으킨다.

나는 한순간 얌전해진 또리를 안아 올리며 혼잣소리로 감탄하였다.

"서로의 거울이 되는 창공과 바다라…."

―5―

우리가 대자연 품속에 안겨 있는 순간이 얼마간 흘렀다.

"수국 길에도 첨탑전망대가 있습니다. 더 높은 곳에 가보시지 않겠습니까?"

안내인이 내 품 안에 있는 또리를 쓰다듬으며 말했다.

나와 또리는 본당 관음사 뒤편으로 들뜬 걸음을 옮겼다. 그러자 곧 '사통팔달, 아지사이 산책로'란 팻말과 함께 입구가 보였고 진입하자마자, 이번에도 '사적 여유'라 새겨진 입간판을 마주했다.

그리고 우리 주변은 내처 고요했다.

'이제야 저 의미를 알겠어.'

이윽고 '유이가하마 해변'이 멀리 내다보이는 조망 산책로의 정상 부근. 나는 넓은 시야가 확보된 첨탑전망대에서 무애한 하늘 땅과 '사가미 만'의 곡선미에 황홀함을 느끼고 있다. 잠시 뒤에 일순간의 세월, 순간적인 일생, 미구(彌久)했던 허송세월, 지난날의 허망함 등 그간 놓쳤거나 등한시했던 생각들이 교차하고 한참을 찬미에 무뎌 있던 서정적인 감각과 너그러운 정서가 일시 되돌아왔다.

'아득한 세월을 거친 거작… 그리고 영원불변 녹아있을 그 작의…'

그리고 우리 주변은 내리 고요했다.

"주 신부님. 저는 오늘만이라도 이 감정을 유지하고 싶은데 신부님은 어떠세요?"

"취기를 자아내는구나…"

"예에? ……."

나는 주 신부에게 더 이상 묻지 않게 되었다. 이미 그는 호호탕탕한 해천(海天)을 지그시 바라보고 있었고 저녁놀이 죄다 타기 전의 운치를 최대한으로 담으려 애쓰고 있었다.

'방금 저 호소력 짙은 눈으로 세상에 어떤 메시지를 남겼을까? 설마 저 눈가의 화순이 눈물은 아니겠지? 그래도 저 그림은 꽤 괜찮구만.'

나는 일단 뒤로 떨어져서, 금일의 마지막 광일(光日)과 함께 저 거연한 노인의 감성적인 모습을 담으려 단말기를 꺼냈다.

"박명(薄明)이 선사한 선물은 사색으로…"

그러자 주 신부는 마치 취흥에 겨운 사람처럼 어떤 시부를 나직이 가만가만 읊조렸다.

"제목… 이따금 흔적을 남겨보지 않음은 어떠한가. 지은이 김서진.

작일의 꿈결에서 자칫, 다신 볼 수 없는 석양을 목격했다. 다시없는 축복이 허락된 것이라 생각했다.

담고 싶었다… 흔적을 보존하고 싶었다… 주섬주섬 그러나 진둥한둥, 저장할 도구를 꺼냈다.

다행히 두 눈에는 담겼다, 다행히 사라지진 않았다.

그러나 내 심안에 담길 섬광은 온전히 담기지 않았다. 그 환각적 경험… 그 일순의 불청객은… 한줄기의 별똥별처럼 진한 여운만을 남긴 채, 미처 작별이란 재료로 표정을 짓기도 전에 뇌리를 가르며 떠나갔다.

역시 심미학의 최고는 망중유한이로다."
나는 순간적으로 그의 짙은 고뇌와 연구(年久)함이 투영된 눈가주름이 멋지다 여겨졌다. 간혹 그가 우심충충한 안색과 눈빛을 보이며, 시름을 안고 그로 인해 괴로워할지라도, 지난 일을 회고하고 왠지 감심하는 듯한 자세조차 기세 있어 보였다. 그래서 오늘만은 웬 진리와 갖가지 이론을 인용한 설교를 듣는다 해도 그냥 지나치려 한다. 나도 그처럼, 어떠한 꾸밈없이 그 자체로도 아름다운 세상그림을 바라보고만 있으련다. 그저 시적 감각으로만… 오로지 시적인 찬미를 위하여….

갑자기 에노 섬 일대에서 두 가닥의 빛줄기가 창공을 향해 발생한다. 그러더니 점점 낱낱의 가닥으로 갈려 나와 서서히 오로라 형태처럼 마치 번지듯 퍼져 나갔고 인근에 연접된 수면에만 한동안 곱게 일던 은비늘 현상이 그제야 서서히, 서서히 사그라진다. 비록, 날이 거의 저문 탓에 역광으로밖에 그 광대함을 접할 뿐이지만, 이곳 가마쿠라의 오밀조밀한 주택지와 쇼난 지역의 해안과 바다는 마치 지상의 경이한 빼어남을 온갖 재료로 모방하여 축소해놓은 듯했다.

한때는 여러 작품을 통한 심상만으로 교류했던 빼어난 풍광이 실지로, 두 눈에 한가득 담기고 있다니….

'나도 역시… 오늘은 이쯤 해도 되겠지?'

한동안 우리는 안내인이 지켜보든 말든, 마치 무인경 같은 각자의 공간에서 가마쿠라의 전경과 창공을 시름없이 바라보았다.

"지언 형제. 대자연도 오늘의 할 일을 다 했나 보네요. 그럼… 우리도 내려가 볼까요?"

"네. 그러시죠."

그렇게 우리는 아무런 대화 없이 본당으로 내려갔다. 그리고 그렇게… 신비의 색을 두른, 금일 진정한 광일(光日)이 우리 '잡탕 원정대'를 찾아왔다.

여취여광… 하세데라 그녀들과 춤을

이곳은 다시, 본당 관음사에 인접한 견청대.

"땡… 땡…."

어디선가 샤미센(일본 전통현악기) 소리가 흡사 수면에 파동이 일듯 울려 퍼졌다. 가을밤, 서늘한 기운 사이사이… 박명의 여광과 분홍의 색감이 뒤번지며 조응되고 있었다.

"마침 아키마츠리(가을축제) 연습이 시작되었군요. 그럼 이제부터 황홀한 기적을 보여드리겠습니다. 소소한 일상에서의 경탄해 마지않는 자신을 즐겨주세요."

나는 예사롭지 않은 안내인의 말에 심장이 두근거리다 못해 숨이 멎을 뻔했다. 그도 그럴 것이, 전망대에선 이미 한 폭의 그림 같은 춤 솜씨가 펼쳐지고 있는 데다, 양소명월을 등진 무희가 여광(餘光)을 받은 모습은, 아니 그 자체로 여광인 벚꽃의 모습은 황홀의 극치를 만나기에 충분했기 때문이다.

잘 정련된 조율, 충분히 단련하여 약호화한 듯한 질서, 화려한 무늬가 자수 된 고전적인 열도의 복식, 총천연색으로 이룬 색채미의 극치 '후리소데' 기모노, 게다가 에바하오리 기법(옷 무늬가 전체적으로 연결된 것)으로 제작된 오후리소데(소매가 가장 긴 기모노)가 내는 관능적인 소리와 무희 한 사람 한 사람이 흘리는 순수한 은빛의 반짝임… 주한(珠汗)까지….

그 모든 것이 '꽃의 전등'이란 신비한 곡조의 구성이 되어, 석양이 남긴 처연한 박명을 은은히 밝힌다.

물론 나와 또리는 화려한 기모노나 춤사위만을 보고 이토록 흥에 겨운 건 결코 아니었다. 잠시 항변조로 나가자면, 약간은 낯선 주 신부의 행동에 편승한 면도 없지 않아 있었고 (실제로 그는 내가 곁에 있음에도 샤미센 소리에 맞춰 몸을 움찔거렸다) 게다가 아무 말 없이 고개를 숙인 안내인은 뒷걸음질로 종종걸음을 치더니 무희 무리에 합류하고 있었다. 나로 하여금 음탕한 광경을 떠올리게끔 말이다.

.

어허, 위험하도다.

.

안내인은 열도의 전통춤에서 볼법한 섬세한 움직임을 가냘픈 양팔로 선보인다. 그것은 게이샤의 춤이다. 바로 미야코오도리!!

우리 눈앞에 벚꽃으로 꾸며진 우아한 무대에서의 공연이 펼쳐지고 있다.

나는 속으로 개선가를 부르고 환성을 지르면서 겉으론 쏘곤닥거렸다.

"어이구, 어이구. 이거이거…. 허허. 교토 기온에서나 볼법한 진귀한 장면이 어찌 이곳에서…. 근데 신부님? 지금 어디 가시나요?"

"구화지문!! 거 혼잣말로 옹잘옹잘되기는."

갑자기 주 신부가 '낙양동천이화정, 얼쑤!'를 외치며 무대의 중앙으로 향했다. 그러한 그의 행동은 수많은 무희가 기모노와 오비 틈에서 부채를 꺼내 들 때 일어났다. 참으로 어이없는 타이밍이지 않은가.

그래도 신부님의 행위이니까는 우선 어떤 고결한 의무를 위해서, 게다가 현재는 신중해야 할 '모색기'니만큼, 성직자로서의 실덕할 일도 마다치 않는 눈속임이라 믿을 수밖에….

나는 또리와 주 신부를 번갈아 쳐다보았다.

'으음…. 그래도…… 너무 쏘옥 빼닮았어.'

그래도 일단은 원리원칙의 고매한 성직자가 무려 더러운 현장을 통하여 몸소, 부정한 꼼수를 체득하려는 획기적인 시도라 믿을 수밖에….

"지언 형제님."

"예, 신부님."

"오늘만은 이 기분을 유지하고 싶다고 했죠? 그럼 그럽시다, 우리…. 때마침 낙엽들도 휘날리며 어울려주는군요."

말하면서 주 신부는 자신만의 독자적인 춤을 무희들 사이에서 추기 시작했다. 그러자 그녀들의 손에 들린 부채들이 동시에 펴졌다.

'흠흠!! 그래… 그저 단순히 믿을 수밖에….'

저 얼마나 혁신적인 광경이란 말인가. 세상에나… 안도색기(按圖索驥) 우화의 실례(實例)가 판치는 '경직된 교계(敎界)'에서, 그로부터 탈피한 행동력도 모자라 저리 과감한 난봉꾼을 자처하니 말이다.

'흠흠!! 그저 단순하게 믿을 수밖에…'

나는 또다시 또리와 주 신부를 번갈아 쳐다보았다.

'흐음…. 근데… 아주 빼다 박았어.'

—2—

나는 저들, 주정꾼 및 난봉꾼 세트와 달리 아무런 미동도 하지 않았다. 색정적으로 별다른 타격이 없었기에, 그저 과한 피로만이 현 상태에 가중될 뿐이다. 더군다나 나에게는 저런 문란한 본류에 휩쓸려선 안 되는 특별한 이유가 있었다.

'전 다릅니다. 달라요, 하루코 상…'

줄곧 '렌 하루코'의 바른 인상이 떠오른다. 분명히 정결하기만 한 숙녀이다, 그녀는.

'흥! 내가 겨우 저깟 퇴폐미에 흔들릴 성싶으냐? 겨우 그까짓 색욕에 사로잡힐 내가 아니야! 더는 흔들지 말고 꺼져버려!!'

·

이미 했네, 했어. 빠……가!

·

아니다. 곧 돌아오는 새벽 몽매(夢寐)에는 나와 그녀만의 성애가 활짝 싹틀 것이지만, 현재는 아니다.

'오… 나에게 제일 먼저 봄을 알려줄 나만의 설중매, 하루코 상. 당신의 백옥피부와 커다란 눈망울, 빈티지 머리색과 시스루뱅 단발이 순수함과 수수함으로…'

…

.

아담한 체구,

.

'굴곡진 몸매와 더불어 저를 붙잡는구려…. 헉!!!'

은근하게, 아니 대놓고 불순하였다. 어느새 그녀의 생김새가 극히 혐오스러운 생각과 밀접하게 연상되기 시작했고 내 귓바퀴는 애욕에 불타는 마음으로 발갛게 달아오른다.

'얌마 이지언. 너까지 미치면 어떡하냐? 돌았구만, 돌았어.'

불온한 생각일랑 그만둬야 한다. 나만이라도 호시우행(虎視牛行)의 길을 가야 한다. 더욱이 렌 하루코에 대한 숙명적 의지에 사로잡힌 나로선, 그녀의 측근에게 긍정적인 평을 받아야 하지 않겠는가.

나는 그 어떤 가무에도 놀아나지 않는, 꽤 조숙하고 올된 수컷이었다. 조숙하고 올된… 조숙하고 올된 수컷….

'그렇지, 옳다구나!'

나는 세월의 직격탄을 맞아 교미기에 들어선, 여전히 조숙하고 올된 수컷이다. 그저 때가 다가온 것일 뿐!! 이 사실이 중요한 것이다.

'다만 그러한 수컷 또한 짐승! 이제 다가가서…'
…

.

섹스!

.

'어필하겠소. 순수함은 건재하다오.'
나는 춤판이 한창인, 무희들 틈으로 성큼성큼 들어갔다.
'순수를 두른 춤을 받으시라!'
나는 철 지난 춤사위를 펼쳐 보였다.
그러나 무희들은 무시했다.
그럼에도 재차 포크댄스에 돌입하는 나.
'제발 받으시오, 야화(野花)들이여.'
그러나 무희들은 철저하게 외면하였다.
'에라, 모르겠다. 제발 받아주시오.'

이번에는 멋스러움을 배제하고 몸부림에 가까운 야성미를 선보였다. 수시로 무희들의 반응을 주목했고 대놓고 그녀들의 표정변화를 기다렸다. 좀처럼 발견하기 힘든 게이샤의 미소….

우리 인면수심(人面獸心) 일당은 한동안 여기저기 들쑤시며 위엄을 내보였다. 그리고 마침내….

くすくす (킥킥)
なんか、可愛い。(뭔가 귀여워.)

せやな。くすくす (그러네. 키득키득)

可愛い男だよ。(귀여운 남자야.)

くすくす (킥킥)

 한 '마이코'의 씰룩이는 입가를 시작으로, 다음다음 연이어 킥킥 웃음보가 터지더니, 곳곳에서 시로누리(白塗り, 백분 화장)를 한, 여러 마이코의 안면부 근육이 미세하게 움직였다. 이내 억지로 웃음을 참는 듯 어깨를 들썩거렸고 급기야 오시로이(おしろい, 흰색 분)를 바른 목덜미를 달싹거리며 웃음을 꾹 누르는 모습을 보였다.

 반면 게이코의 하얀 얼굴은 밤바다의 냉한 공기 속에서 비정이 흐르는 느낌을 주었다.

 유량(嚠喨)한 현악 소리가 한없이 떨어지자 그녀들이 불현듯 움직임을 멈췄다. 순간적으로 무정물 같은 느낌을 받았고 현악 가락이 막바지에 다다르자 스모르찬도(smorz)를 거쳐서 뚝, 마이코들의 동작과 웃음소리도 딱, 그쳤다. 흡사 움직임이 중단된 정물처럼 모두가 움직이지 않았다.

 나 역시, 과거로부터 오는 온갖 상념을 대체하는 경박하고 천박하며 부허(浮虛)한 언행을 잠시 그만뒀다.

 '그래. 오늘만은 깊이 생각할 필요 없어. 어차피 '깨지 않는 꿈'에서 잠시라도 깨고 싶었으니… 잠시만이면 돼. 더디 하강하듯 내려가면 돼…'

오늘만은 어느 늙은이와 어느 발정 난 존재들이, 각자의 어두운 꿈을 침범한 황금빛을 맞았다. 그 석양의 주된 배경이 되어 야천(夜天) 아래 '아공(我空) 경관'을 이뤘다.

'낙조에 타는 세계, 붉은 석양볕을 받은 얼굴… 안식의 어스름이 깔리는 마무리…'

그래……. 우리는 오늘이 아름다웠다… 라고 생각할 것이다.

어느덧 시간은 흘러, 여취여광이 남겨버린 공허만이 가득한. 숙소의 어둠…. 동편 높은 벽에 난 들창으로 스민 야기(夜氣), 그리고 달빛 향….

어제 낱낱이 실덕이 벗겨진 두 무작한 코골이는 벌러덩! 육자배기로 누워서 비껴드는 달빛을 맞지만, 여전히 나는 그 바깥에서 달빛 향을 느낀다. 영역을 맡는다. 무지근한 머리를 감싼다.

'달빛기둥… 밝은 월광을…'

오늘도 바라본다. 비로소 오르내리창 틈으로 보이는 은반을 오늘도 올려본다. 그리고 하루의 진정한 마무리를 오늘도 역시… 기다려본다. 나 홀로 외로이, 귀엣말하듯 속삭이며….

"계속 불러주지 않겠어요? …… 쳇! 오늘도 글러 먹었군."

가까운 과거. A.D 2018년, 4월 하순경.

　조만간 지언이 집으로 향한다.
머릿속이 복잡하다.
　행방불명에 관한 정황이
잡히지 않는다.
"예, 부장님. 식사하셨습니까?"
김용근 부장검사. 치세의 능신이라 불리는
　선배의 호출.
"요즘 뭐 하고 다니노."
"사모님 선물, 받듭니다요."
"잘 키워라이."
　거간꾼 노릇 잘하라는 당부.
거간꾼이 판치는 세상에선
　정황은 희미하게, 부인은 깔끔하게….
자칫 눈 밖에 나버린 자들은
　조용히 묻힌다,
사라진다,
　마치 '죽 떠먹은 자리'처럼….
'섣불리 행동할 수 없다.
　거간은 음밀히 서야 한다.
지언이 너하고 나, 모두.'

가변적 상황들

 눈을 떴다. 아직은 야공을 수놓은 별들만이 광채를 날리고 있는 새벽 다섯 시. 또리는 숙소의 정원을 고물고물 거닐면서 흡사 영역을 표시하는 사자처럼 대나무에 소변을 갈겨대고 있다. 그리고 주 신부는 보이지 않는다.

어이, 궁금하지 않냐?

'뭐가? 주 신부가??'

…….

'무례한 짓거리야. 부추기지 마.'
 어제부터 내 안의 녀석은 '지장당'으로 나를 안내하려 한다. 유독 만지이케(열십자로 변형된 연못)와 증축건물이 특이할 뿐, 딱히 새벽부터 재방문할 필요까진 없는데 말이다.

바로 가는 거야.

'아서라. 중요한 일이 있어.'

나는 부엌으로 가서 살그미 물과 사료, 시리얼을 챙겼다. 또리가 눈치채지 못하도록 숨기척을 죽이면서 움직였다. 가뜩이나 알러지 비염 증상이 기승인데, 글그렁대는 숨소리조차 못 내는 신세라니….

그래도 어쩔 수 없는 상황. 만약 사료와 시리얼을 소량만 바친다면, 늑대도 아닌 것이 하울링을 하며 지랄발광을 할 테니까.

"요즘 살이 부쩍 올랐어. 에라, 벌이다 인마."

나는 나지막이 혼잣말하며 사료를 소량만 쏟아 부었다. 그리고 애완용 침구류와 주 신부가 내놓은 홑청과 베갯잇을 챙겨서 세탁실로 향했다.

'아놔, 이놈의 알러지 증상.'

갑자기 재채기가 터져 나오려 했다. 그러나 내가 기상한 것을 녀석에게 들키면 절대 안 되노니.

"조용… 조용히…. 에취!!"

"일찍 일어났네요. 친애하는 형제님."

"멍멍!"

그때 주 신부가 불쑥 연결통로로 들어왔고 또리도 그새 따라 들어와서 꼬리를 흔든다.

나는 또리의 움직임을 곁눈질로 주시하며 답했다.

"새벽잠이 없다시피 해서요."

"그러다 쓰러집니다. 어제도 무리하셨죠."

"신부님도 만만치 않으셨어요, 코골이가."

"껄껄껄."

"아오, 아오, 아오오!"

이윽고 또리가 하울링으로 자연스럽게 대화를 시도했다. 사료도 채 먹지 않고서 보인 즉각적 반응이다.

"처다봐도 소용없어."

"아오, 아오, 아오오!"

내가 응해주지 않자, 녀석은 배알이 꼴렸는지 사료를 먹어 치운 뒤에 부엌과 통로를 미친 듯이 오갔고 결국 주 신부의 손에 자석처럼 달라붙어 비비적대며 쓰다듬을 받았다.

"신부님. 넘어가시면 안 됩니다."

"아오, 아오, 아오오!"

"안 돼, 인마!"

"더 주셔도 됩니다. 같이 새도우 할 거니까."

"어제 한바탕하셨잖습니까."

그러나 주 신부는 답변을 듣자마자 웃통을 벗어젖혔다.

그러자 문득, 저 수컷들이 우악스레 활약해준 그 날이 떠오른다. 어떤 의문의 초대장을 우리에게 전달한 남성이 아주 골로 가버린 그날이.

'그렇지. 주 신부는 유도 유단자이지?'

"또리 인마! 더 줄게, 이리 와."

"엉아가 더 준답니다. 어구, 부럽습니다."

"그럼 밥부터 차릴까요?"

"아닙니다. 새벽 공기도 좋던데, 아주 땀이나 쫘악!"

"빼고 오겠습니다. 마침 농구공도 있네요."

나는 거실에 놓여있는 농구공을 한 손으로 집어 들었다. 그러고는 숙소 내에 있는 전용 코트로 달려갔다.

"What time is it? Game time, woo!"

아무튼, 나를 은근히 쫄리게 만든 주 신부의 실화는 다음과 같다.

—2—

때는 균열기(A.C) 1년의 둘째 날이자, 잔허의 바빌론(도안)에서 벗어난 이튿날 야삼경(夜三更). 나는 주 신부와 함께 '불타버린 자가(自家)' 앞에 다다랐다.

"대체 어떤 놈이 이런 터무니없는 짓을…."

"방화범은 불길에 휩싸이는 순간에도 실성한 듯 웃었다는군요. 지옥의 한순간을 떠올리게 말입니다."

"신부님은 아셨군요."

"……저도 목격자입니다."

"역시 보시기도 했고요."

"……방화범이 제 지인이었습니다."

"……무슨 말…… 입니까."

바로 그 순간이었다.

"당신이 이지언이지?"

갑자기 뒤에서 내 몸을 목표로 삼은 누군가의 손이 불쑥이 나타났다.

그러나 주 신부가 유도 기술로 가볍게 제압해버렸다. 무려 내가 움츠리며 뒤돌아보는 찰나에 일어난 일이다.

"당신 누구야!"

"아악! 내 손, 내 손! 나, 선량한 시민이야!"

"누구냐고 묻잖아!!"

"이 편지요, 편지! 손에 편지 있다고 새끼야! 아악!!"

무척 꾀죄죄한 것이, 누가 봐도 노숙하는 행색이었다.

주 신부는 고래고래 고함까지 질러대는 그의 손에서 편지를 꺼내어 내게 건넸다.

"우아한 밤의 주인이자 빈민의 미래여. 창천의 지배자가 비호하는 신사를 찾아주시죠. 어느 누구도 기적을 제재하진 않을 겁니다. 에노시마 집사 올림. 발송지, 가마쿠라? 이거 누구의 사주입니까?"

나는 어느새 바닥으로 내동댕이쳐진 노숙자를 보며 물었다.

"나도 몰라. 어제 서울역에서 부탁받았다고."

"자세히 말하세요! 혹시 '김덕배'라는 사람 압니까? 당신 주변에 없었어?!"

주 신부가 다소 격양된 목소리로 그를 압박하기 시작했다.

"아… 그 인간? 아니, 그 방화범 새끼? 요즘 새 삶을 살 거라고 개소리하더니 노릇노릇 구워졌던데? 낄낄낄."

그저 나만의 착각이었을까? 순간적으로 노숙자의 목소리가 괴성으로 들리면서 그의 안광(眼光)이 '번뜩이는 그것'과 오버랩 되었다.

"지언 형제. 김덕배 씨는 부랑자에서 벗어나길 희망한 새사람입니다. 불과 얼마 전까진 말입니다."

"이거야말로 개소리. 크하하하!!"

"한데 그제, 한 가방을 들고 와서 간곡히 청하더군요."

주 신부는 흥분하였다. 마치 당시 김덕배가 처한 절실한 모습에 동화된 듯 보였다.

"신부님! 신부님! '이지언'이라는 사람 아시죠? 그가 도안에 있을 겁니다. 곧 위험하다고요!"

노숙자의 멱살이 조금씩 흔들거리기 시작했다. 주 신부의 완력에 의해 갈수록 점점 더 세차게 흔들린다.

주 신부가 격앙되어 소리쳤다.

"저는 들었어요. 신이 인간을 만든 것이 아니다. 인간이 신을 만든 것이다! 왜 인간이 신을 믿는지 아세요? 그저 믿고 싶기 때문이래요. 나같이 살아갈 힘을 위해서! 낭설입니다! 낭설이에요!!"

"낄낄낄… 네놈이었구나? 그 새낄 망친 놈이…. 이 미친 늙은이야. 우리가 원래 부잣집을 털었거든? 크크크… 이제 나를 구원해 봐. 어디 한번 좀 구해보라고!"

소리를 지른 노숙자는 느닷없이 혀를 깨물려 했다. 그러자 보다 못한 주 신부는 주먹으로 그의 얼굴을 쳐서 바로 실신시켰다.

"신부님, 괜찮으세요?"

"괜찮습니다. 헉헉!"

진정하려는 주 신부의 관자놀이 위로 혈관이 꿈틀거렸다. 그가 길게 호흡을 하며 말을 이었다.

"김덕배 씨는 스스로 본인 몸에 휘발유를 붓고는 형제님 집으로 향했죠."

주 신부는 약간의 미소를 머금었다. 그의 상기된 얼굴에 다소 진정될 기미가 보였다.

"과연… 누구의 짓이었을까요?"

주 신부가 말했다. 그와 동시에 노숙자의 앓는 소리가 들려왔다. 우리는 그를 동시에 바라봤다.

"나를… 좀 구해줘…."

그렇게 노숙자는 뚫어지게 내 쪽을 바라봤다.

때는 다시 A.C 2019년, 9월 중순.

결코 과장 하나 덧붙이지 않았다. 하마터면 괴물 늙은이의 무서움을 잊을 뻔했다. 심지어 내가 농구를 끝마치고 돌아왔을 땐, 또리 자식까지 뒷다리로 버티고 서서, 즈그 주인처럼 '앞발 후려치기 연타'를 날리더라.

나는 도안에서 난타당한 코를 어루만지며, 서로 무도가의 자질을 뽐내고 있는 그들을 흘겨봤다.

'이런 제기랄. 저러니까 매번 후려치지.'

·

대동소이

·

'ずるいやつ。(교활한 자식.) 비열한 놈.'

—3—

내가 숙소에서 막 외출하려 할 때, 괴물 늙은이가 넌지시 나를 떠본다.

"어제 그 처자, 건너편에 있던데요."

"도서관에요?"

참고로 우리 숙소는 정원을 둘러싸고 있는 다다미 형태의 '료칸'으로서, 도서관과 내가 머문 방은 정중앙에 만들어진 가레산스이(모래와 바위로 산수를 표현한 정원)를 사이에 두고 서로 마주 보고 있었다.

"한번 만나보시죠. 추파도 흘릴 겸, 겸사겸사."

"관심 없습니다."

그러나 나는 가레산스이에 설치된 다리를 건너면서 도서관을 쳐다봤다. 왠지 내 인기척을 느낀 듯한 그녀의 실루엣이다. 때마침 몰상식한 훼방꾼은 시야에서 사라졌다.

'내, 지금 당장…'

…

·

섹스!

·

'어필하겠소. 저의 최우선 순위는 바로…'

…

·

making love!

·

'당신!'

비록 첫술에 호감을 끌어내진 못하더라도 최소, 한 마리의 야생마가 되어 구애할 것이다. 더구나 그녀의 실루엣이 고상한 몸짓을 보이며 고혹적인 유혹을 쏟아붓고 있지 않은가.

나는 단박에 도서관으로 성큼성큼 걸어갔다. 서재에는 일절 관심이 가지 않는다. 오로지 우리만을 위한 공간이 그리울 뿐.

"저, 렌 하루코 상? 들어가도 되겠습니까?"

곧바로 출입문에 자기 귀를 쫑긋, 밀착한 늑대 한 마리.

"저기 렌 하루코 상?"

아무런 인기척이 없자, 재차 묻는 야생마 한 마리. 미간이 달싹거리고 주둥이를 연이어 종그린다.

"잠시면 됩니다. 그럼 들어가겠습니다."

"멍! 멍!"

순간 내 심장이 멈추는 줄 알았다.

'이런 미친 똥개가.'

"얌마, 놀랬잖아!!"

"으르렁… 멍멍멍!"

느닷없이 도서관의 무언가를 향해 이빨과 적의를 잔뜩 드러내는 또리.

나는 빠르게 또리를 진정시키며 그녀에게 말을 걸었다.

"많이 놀라셨죠? 정말 미안합니다."

하지만 도서관의 인기척은 점점 멀어지고 있었다.

"저 그냥 들어갑니다!"

나는 재빨리 미닫이문을 열어서 실내를 천천히 훑어보았다. 그러나 렌 하루코 상은 온데간데없었고 결국엔 최적의 기회를 놓쳐버렸다.

"인마! 이 똥개 새꺄!! 이거 확! 간식을 그냥 확!!"

내 야멸친 협박에, 눈치 없이 앞장서서 쿵쿵대던 또리가 고개를 살짝 내려뜨렸다.

"그걸로 부족해. 우선 직립보행 실시한다. 어서!!"

나는 풀이 죽은 또리에게 가벼이 벌주면서 주변을 다시 찬찬히 둘러보았다,

무심결에 어느 콤비블라인드가 설치된 장소로 시선이 머물렀다. 왠지 모르게 '절대 금역(禁域)'을 연상시키는 느낌은 나의 강렬한 호기심에 불을 댕겨버린다.

나는 웬만치만 궁금증을 해소하리라 마음먹고 즉각 다가가 블라인드를 살짝 올려보았다. 별다른 특징이 없는 수수한 도서 공간이다. 각 벽면에, 기껏해야 육백 권 남짓 꽂혀 있는 서가들이 배열되어 있고 한가운데엔 '아크릴'로 제작된 '반투명 단상대' 형태의 'LED 전시 진열장'이 '검은 표지의 책'을 떠받치고 있다.

그나마 도드라지는 '검은 무제(無題)의 책'이 순백색 강대상에 비스듬히 놓여있는 모양새….

'떠받치고 있다… 받들고 있다….'

다소 거창한 비유일지도 모르나, 현시점은 무엇이라도 흥밋거리가 되어야만 했다. 더욱이 갈 길 잃은 자의 간절한 심정을 대번에 빼앗은 흥미 요소라면, 간혹 상상력이 동반된 추리력을 동원해야 할 필요가 있다.

하지만 심히 기대했던 것만큼 지속되진 않았다. 단연 돋보여야 할 검은 서책의 비밀을, 내 특유의 구상력으로 담기에도 버거운, 평범한 구조와 협소한 밀실 때문이다.

나는 블라인드를 도로 내리면서 적잖이 실망했다.

"아직 안 나갔네요?"

어느새 내 뒤로 다가온 주 신부가 말했다.

"적정한 칭찬은 약입니다. 애, 풀을 죽이면 어쩝니까. 이리 오려무나, 또리야."

"예예, 여부가 있겠습니까. 그럼 전 이만."

"충언은 귀에 거슬리고 명약은 쓴 법. 아무러나, 뜻대로 하시지요."

나는 서둘러 도서관에서 나왔다. 그리고 창문을 통해서 '검은 서책'을 힐끗 쳐다봤다.

뭔가 이상하지?

'뭐가? 저 서책이?'

아니. 딱 한 곳뿐인 출처가.

내 안의 녀석은 도서관의 출입구에 대해 강한 의문을 품고 있었다.

―4―

깊어가는 가을. 고즈넉한 정취 위로 성월(星月)만이 떠 있는 날씨. 월광을 받은 차디찬 바다가 은파로 번득이는 시각. 내가 서 있는 곳은 낙락한 별빛 아래, 짙은 어둠의 어둠 속…. 바로, 으늑히 외따로 서 있는 지장당.

'조금만 더 가보자.'

나는 발소리를 죽이고 살금살금 한 걸음, 한 걸음 지장당에 다가갔다. 곧이어 어둠이 깔린 지장당의 내부가 서서히 보이기 시작했다.

'이거 완전 으스스하구만.'

왠지 나를 덥석 휘감을 듯한 기운이 닁큼닁큼 뻗어 나와, 끝내 얼음처럼 차가운 바늘이 되어 온몸에 깊숙이 박힐 것만 같았다. 당연히 내 다리는 빠르게 마비되었고 동시에 누군가 지켜본다는 기분에 휩싸이고 말았다.

나는 덜컥 겁이 난 나머지 반사적으로 냅다 소리쳤다.

"거기 누구야!!!"

가까운 과거. A.D 2018년, 5월 하순.

'한바탕
소낙비가 퍼붓겠군.'
 유동적 상황은
때때로
 급변하기 마련이다.
오늘 나는
 길바닥에 널브러진
지언이를
 그의 집 근방에서
발견했다.
 "야 인마, 이지언!
정신 차려, 인마!!"

심비(深秘), 눈에 의심이 물들다

 마침내 용기를 내어서 천천히 뒤돌아보았다. 그리고 어둠 속 인기척을 따라서 눈동자를 움직였다.
 "또니냐!!!"
 "……"
 내가 용기 내서 한 번 더 소리치자, 갑작스레 들랑거리던 인기척은 사라졌다.
 "지나가던 고양이였나? 별것도 아닌 게 까불고 있어."
 나는 투정 부리듯이 중얼거렸다. 그리고 미약하게 나온 용기의 틈 사이로 그 의문의 소리를 욱여넣고 서둘러 건물로 다가갔다.
 "그나저나 이 한기는 뭐지. 그냥 내 착각인가."
 "어두워…"
 나는 말없이 발걸음을 멈췄다. 한동안 그렇게 건물 외벽에 걸려있는 램프의 불 앞에서 새벽공기를 맞았다.
 "아아…"
 그런데 어떤 의문의 소리가 '지장당'으로부터 들려왔다.
 "아… 어두워. 도와줘…"
 "네??"
 나는 나도 모르게 응답했다. 그제야 그 소리가 또렷이 들리기 시작했다.

"짓누르고 있어. 답답해. 거기 누구 없어? 이것 좀 벗겨줘."

또 다른 누군가의 목소리가 들려왔다. 심지어는 가끔 큰 소리로 외치는 또 다른, 아니 수도 없이 많은 목소리!

나는 너무나 큰 절망이 담겨있는 아우성으로 인해 심장이 쪼그라들었다. 그것은 죽어가는 자들의 소리였다.

"여긴 어디지?"

그것은 길을 잃어버렸다.

"응애, 응애."

그것은 짐작건대 이미 죽은 아기의… 영.

"에이, 말도 안 돼. 괜히 쓸데없는 소리를 들어서. 그 썩을 안 내인."

나는 문득 떠오른 지장보살 생각에 기분이 언짢아졌다.

"제가 그럼 어떻게 할까요? 계속 무서우시면 저… 그냥 돌아갑니다."

"여기는 어두워" "응애" "거기 누구 없어?" "무거워" "이런 시팔!" "야 이 개 같은!" "응애, 응애."

점점 더 많은 절박한 한탄 소리가 중첩되었다.

이윽고 뒤죽박죽, 알아들을 수 없는 말로 돌변한 목소리들.

"심연!" "맞아. 여긴 심연이야!"
"심연, 심연, 심연!"

그러더니 돌연 어떤 새로운 목소리를 시작으로 '심연'이란 동일한 단어를 반복했다. 세상, 모든 공포보다도 소름 끼치는 절규였다.

나는 드디어 귀를 막고 '지장당'으로 뛰어 들어갔다. 그러자 곧 끔찍한 소리가 내 주변을 선회하는 하나의 윤무가 되어서 나를 압박했다. 그것들이 주는 고통은 내 귀에 파고들어 오는 귀이개를 연상케 했다.

"으르렁! 멍멍멍!"

그때 갑자기 나의 또리가 마치 보이지 않는 유령을 쫓아내듯 용맹한 모습으로 지장당 안팎 이곳저곳을 누볐다.

나는 순간적으로 놀랐다가, 잽싸게 근방에 있는 촛대를 거꾸로 잡아 들어 엉거주춤, 어설픈 중단세를 취했고 녀석의 똥꼬를 눈으로만 따르면서 경의를 표한다.

'오! 반하겠도다, 또리여. 앞으로 주 신부 말마따나, 너의 눈높이에서 살펴보고 칭찬하겠노라.'

― 2 ―

또리의 활약으로 고새 잠잠해진 지장당 내부.

우리는 '순백 증축건물'로 통하는 '청동문'을 뚫어져라 쳐다보고 있다. 청동문 양옆으로 회색 가로무늬가 부조된 도리아 기둥이 서 있었고 증축건물의 외벽장식을 에두르는 금색 나무줄기가 도리아 기둥을 거쳐 문 외면의 좌우까지 마치 침투하듯 미쳐 있었으며, 그 금색 나무줄기에는 자두 크기의 수은 방울들이 섬세히 부조되어 달려있었다.

'저 은방울 비스름한 게, 웃고 있는 느낌이네. 금색 줄기를 올려보는 인물들도 그렇고…. 심오하다 심오해.'

아무래도 어떤 굵직굵직한 의미를 동기로 삼아 탄생한 듯 보였다.

나는 청동문을 밀어보았다.

"끼이익! 철컹!"

의외로 문은 손쉽게 열렸다.

'생각보다 허술하군….'

아직 무슨 일이 일어난 것도 아닌데, 공연히 울울하고 심산했다. 더구나 이제부터는 증축건물의 공간이자 '심연염부제'의 순백색 영역.

나는 들어가서 문 앞으로 가 주변과 천장을 대충 훑고는 바깥 동태를 주의하며 내부를 샅샅이 둘러보았다.

사위에 나뭇잎 스테인드글라스가 장치되어 다소 어두운 가운데, 높은 천장 아래로 11개의 육각기둥과 1개의 코란트 양식의 기둥으로 구성돼있었다. 그중 육각기둥은 한 인간이 받치고 있는 검은 대리석 기둥이었고 12시 방향에 있는 1개의 코란트 기둥은 화려한 문양이 섬세히 부조된 기둥을 사람과 각종 매서운 눈들이 떠받치는 형상을 띠고 있었다. 특이하다고 할만한 것은 정중앙에 놓여있는 새하얀 침대를 중심으로 수많은 양초가 빛을 밝히고 있다는 점과 기둥들 사이사이로 둘러서 있는 서가 중에 12시 방향의 서가에만 책상이 딸려있다는 점이다.

우선 나는 서가에 꽂혀 있는 서책들을 면밀히 살펴보았다. 히브리어 서적부터 온갖 잡지와 영미소설까지, 별의별 서책을 총망라한 소규모 문학관에 들어온 듯한 착각에 빠졌다.

다음으로 나는 숱한 양초들에 둘러싸인 침대로 의문의 시선을 던졌다.

"서재 겸 수면실일까? 근데 보안 수준이 취약하네."

"멍멍!!"

또리가 갑자기 팔짝, 침대에 올라앉았다.

"어허! 매너 좀 탑재해라. 그러니 똥개 소리 듣는 거 아니니?"

그런데 '사돈 남 말 하네'라는 눈빛으로 쳐다보는 또리.

"야! 옆으로 나와 봐. 이왕 이리된 거 좀 앉자."

나는 그대로 침대에 드러누웠다. 그러자 양초의 빛이 닿지 않는 시꺼먼 천장이 보였다.

어둠이 보인다… 어둠이 가까워져 온다…. 점점 나를 짓누르는 어둠이 심신에 닿으려 한다….

'안 돼, 안 돼. 더는 이 기에 눌리면 안 돼.'

그러나 쉽사리 눈이 떨어지지 않았다. 사실, 그런 나를 어떤 누군가가 가까이서 의식하고 있는데도 말이다.

"지언 씨. 반갑습니다."

"반갑지 않습니다, 저는…."

나는 약간 쇠약한 목소리로 의문의 남성에게 답했다.

그가 우리 곁으로 다가오며 대답했다. 말끔한 세미포멀 슈트의 중년이면서 벽안의 혼혈이었다.

"예. 이해합니다. 보이는 유령 같겠죠."

그는 위협적인 동작 대신 은은한 미소를 지어 보였다. 하지만 내 머릿속엔 이미, 아늑한 한때를 암흑가 차림으로 '메피스토'와 즐기는 불온한 이미지로 담겨버렸다.

"어쩐지 이상한 낌새가 느껴지더라니…. 언제부터 미행했습니까?"

내가 물었다.

"미행하지 않았습니다. 당신이 뒤늦게 왔을 뿐이죠."

"이거 혼란스럽네요. 그나저나 누구신가요?"

"미카엘 아가치… 형사입니다."

"형사라고요? 일본에서요?"

"네. 이탈리아계 일본인입니다."

"그 말을 제가 어찌 신뢰해야 하며, 어떻게 증명하실 건가요."

나는 몸을 일으켜 앉아서 말을 이었다.

"근데 형사여도 문제입니다. 제 상황이 좀 그래요, 엮여봐야 좋은 거 없거든요."

"예, 알고 있습니다. 보이지 않는 유령에 의해서."

미카엘 아가치는 방을 꼼꼼히 둘러보며 말했다.

내가 재차 물었다.

"뭘 알고 있다는 겁니까. 그리고 보이지 않는 뭐, 뭐요?"

"무서우신가요? 후후후. 보이지 않는 유령…. 역시 헛물켰나…"

"이, 이봐요! 지금 말장난합니까?"

"일단 침대에서 나와 주시죠."

"지금 뭐 하자는 거예요!"

"…… 설마 이 한기가, 제게만 느껴지는 건 아니겠죠?"

"그러는 당신에게만 유독, 남달리 느껴집니다만."

"주어진 시간이 촉박합니다. 중요한 사실을 나누기에 앞서, 해야 할 일입니다."

"대체 무슨 꿍꿍이야, 당신!"

"잠시만 조용히!!"

미카엘 아가치가 다급하게 말했다.

"으르렁…"

그 순간 또리가 침대 밑을 주시하며 공격 태세를 갖췄다. 이내 어떤 인기척이 바로 우리 발밑에서 들려왔다. 우리는 동시에 발날등으로 시선을 떨어트렸다.

"또각또각. 또각또각."

"으르렁…"
"또리야, 쉿쉿!!"
나는 또리를 그대로 번쩍 들어 올렸다. 그러고는 즉각 내달렸다.
그런데 미카엘 아가치 또한, 그대로 신발을 벗어들고는 즉각 내빼는 것이 아닌가.
내가 나란히 달리면서 말했다.
"아까는 대범한 셜록이 흉내 좀 내시더니, 왜 달리시는지."
"저도 침입자에 불과합니다. 개념 없는 뤼팽처럼 말이죠."
우리는 그대로 하세데라 전망대인 '견청대'로 빠르게 달려갔다.

"헉! 헉!"
"헉! 헉! 오늘은 이만 가보겠습니다."
우리가 견청대에 도착하자마자 미카엘이 말했다.

"내게 볼일이 있는 건가요? 없는 건가요?"

나는 의심을 풀지 않고 물었다. 그러나 그 의심은 서서히 궁금증으로 변해가고 있었다.

"상황이 허락된다면, 오늘 코마치 도오리 입구에서 봅시다. 주신부님도 함께 1시에. va bene?"

"이건 뭐, 일방적으로 통보하시네. 뭔 약속을 이리 급작스럽게 합니까?"

"Io vado. Arrivederci.(먼저 들어갈게요) Ci vediamo fra poco! (이따가 봐요) lavoro! (수고!)"

미카엘은 수면 부족 증상인 충혈된 눈으로 짧고 강렬하게 바라보더니 휙! 돌아서 날래게 튀었다.

"참으로 꼴값이다. 우와! 별 미친놈 다 보겠네. 안 그냐, 똥개야?"

그러나 그보다 먼저 튀어서, 미카엘보다 앞서가는 또리. 급한 성미는 똥개들의 흔한 특징.

'익히 느꼈었지만, 이놈이나 저놈이나…. 그냥 나 같은 놈만 피곤한 게지.'

—3—

나는 검푸른 해면 위로 떠오른 강렬한 태양과 눈부신 햇살을 맞은 가마쿠라를 갈마보고 있다. 요 며칠 일출과 일몰의 가경,

월출과 월몰의 경관을 즐겨보면서 왠지 모르게 '아지사이 산책로'의 마지막 구역인 미즈꼬스카(수자총, 水子塚)를 수시로 떠올렸다.

"이렇게 아름다운데 어딘가는 그렇게 어둡고…. 저 멀리 동떨어져 있어도 명암을 제대로 구분할 수 없어…."

"아직 깨닫지 못하시는 건가요?"

어느새 다가온 사사키 렌 하루코가 말했다.

"좋은 아침입니다."

그녀가 생긋 웃어 보이며 밝고 어진 추파를 보낸다.

"오! **すばらしい。**" (근사하다.)

일출의 붉은 햇살을 한가득 맞은 번화자(繁華子)의 소태(笑態)는…

'실로 천하일색! 장관이로다. 캬캬캬.'

가까운 과거. A.D 2018년, 5월 하순.

 나는 지언이를 둘러업고
병원에 도착했다.
 그러나 또 다른 변수가
파생되었다.

「지언 씨, 우선 미안함을 전하고 싶군요. 절대로 당신만 봐야 합니다. 아무도 믿지 마세요. 나는 최 사장이 의심됩니다. 다양한 세계 카페에서 고문헌을 읽었습니다. 혼란스럽습니다. 당신은 곧….」

 우리가 머문 응급실에
 떨어져 있던 메모지의 내용.
 나는 지언이 몰래
 바지 주머니에 보관하였다.

한 가지 물어봐도 될깝쇼?

렌 하루코, 그녀와 함께 숙소로 돌아가는 중.

"한 가지 물어봐도 될까요?"

그녀는 머리를 끄덕였다.

"정말 미안한데, 혹시 도서관에 자주 계십니까?"

물어보면서 나는 옆에 나란히 걷는 그녀를 힐끗 쳐다봤다. 표정 변화를 찾아볼 수 없었다.

"예, 주로 늦은 새벽에 있습니다. 새벽잠이 없어서요."

"아이고, 이거 안타깝네요. 제가 좀 더 일찍 일어났더라면. 하하하."

"죄송합니다. 그땐 경황이 없어서 미처 인사드리지 못했습니다."

"아닙니다, 아닙니다. 저 같아도 얼굴을 가리고 후딱 피했을 겁니다. 오히려 호기심 덩어리인 제가 미안하네요. 하하하!"

그녀의 표정이 약간 굳어졌다. 내가 다급하게 말했다.

"아니, 아니! 그게 안 좋은 뜻이 아니고요. 보통은 민낯을 꺼리니까, 예의 측면에서 말씀드린 겁니다."

"예, 알고 있습니다. 실은 노 메이크업이었어요."

그녀가 금세 밝게 웃어 보였다.

나는 분위기를 전환할 겸 재빨리, 번뜩이는 궁금증을 내보였다.

"렌 하루코 상? 한 가지 더 물어봐도 될까요?"

"예. 물어보시죠."

"그 뭐냐, '하세데라 지장당'과 숙소의 도서관이 서로 연결되어 있나요?"

이번엔 그녀의 미간이 변하려 했다. 나는 당황스러운 상황을 방지하려 단호히 대처하였다.

"마치 우리처럼??"

그녀는 눈을 동그랗게 뜨며 놀랐다.

"예??"

"근데 하루코 상은 뭐 이리 예쁜가요?"

결국 저질러버렸다. 한동안 정신이 반쯤 나가 있는 상태로 정적이 흘렀다.

다행히 그녀가 어색한 순간을 비집고 들어왔다.

"농담이시죠? 고맙습니다."

"뭐, 그렇다고 해두죠. 음하하하!"

"풋!"

그녀는 터지는 웃음을 억지로 참다가 짧은 실소를 보였다. 그러고는 나에게 낯익은 검은 책을 자연스레 건넸다. 어제 도서관에서 보았던 검은 무제의 서적과 비슷한 판형이었다. 그러나 무제는 아니었고, 큼지막한 글씨로 '암암한 거리'라 새겨져 있었다.

나는 그녀 쪽으로 몸을 돌리며 책장을 한 장 넘겨봤다.

"이게 뭐죠?"

"동화책입니다. 저희 숙소에 머무르셨던 금발의 신사분께서 남기셨습니다."

"이걸 왜 저에게…. 심지어 미완성인 책인데…"

"이만 저는 가보겠습니다. 오늘도 마음껏 가마쿠라를 둘러보세요."

"잠깐만요!"

나는 책을 도로 덮어서 그녀의 뒷모습에 대고 내밀었다. 왠지 복잡해질 것 같은 상황 전개가 영 거슬리고 꺼림칙하다.

.

아니야. 읽어봐.

.

나는 그녀를 고토쿠인까지 배웅하고 책장을 다시 넘겨보았다.

"숲의 나라 공주의 암암한 거리…"

나는 몇 장을 더 넘겨보았다. 어린이가 읽기에는 다소 어려운 문투의 장절수가 많은 그림책이다.

"금으로 된 우산으로 꽃비를 막아주었다…"

나를 무척 흥분시키는 구절이었다.

'가만… 가만… 꽃비와 '금으로 된 우산'이라고? 설마… 한 과장?!'

그러나 저자와 창작 연대가 미상인 작품이었다.

구시심비(口是心非), 한 가지 물어봐도 될깝쇼?

"지언 형제. 한 가지 물어봐도 될까요?"

주 신부가 숙소에서 물었다.

나는 식탁 의자에 앉아서 머리를 끄덕였다.

"예. 언제든지요."

"아직 한 과장이 살아있을 수 있다는 말이죠? 그 증거가 이것이고."

주 신부는 내 생각이 마뜩잖은 듯, 미간에 힘을 주며 동화책을 찬찬히 살펴보았다.

"어허. 그 양반 안 되겠구먼. 한가로이 여행이나 다니고…"

"그런 부류가 아닙니다, 과장님은."

"한데… 만약 한 과장이 살아있다면요?"

"솔직히 그럴까 봐 두렵네요. 그저 막연하게 일련의 사건을 바라봤었는데…"

"형제님 생각에는 기괴하게 묶여있나 봅니다…?"

주 신부는 나로 인해 뱉이 꼴릴 상황도 아닌데, 답변을 가로채서 날카롭게 물어왔다. 마치 의심 많은 영감탱이처럼 무언가 불편하고 마음에 맞갖지 않은 게 분명했다.

"지언 형제. 몇 가지 더 묻겠습니다."

"예. 뭐든지…"

나는 대충 고개를 까닥이며 애절한 마음으로 고뇌하는척했다.

주 신부가 말했다.

"지장당 안은 어떻던가요."

"숙소 도서관으로 통하는 통로가 있는듯한데, 확실히 모르겠습니다."

"거기서 '미카엘 아가치'란 자를 만났다고요?"

"예…. 우리를 깊이 아는 말투였습니다. 뭔가 짚이는 거라도…."

"…… 없습니다."

주 신부는 낮게 대답하며 무언가를 골똘히 생각하였다.

나는 재차 물어봤다.

"그자를 정말 모르신다는 거죠?"

"전혀 모르는 사람입니다."

"정말로 전혀 짚이는 게 없다… 이 말이죠?"

"쓸데없는 소리를…."

주 신부는 강력히 부인하며 식탁에 놓여있는 커피포트 손잡이를 만지작거렸다.

나는 기지개를 켜면서 말했다.

"그럼 부딪쳐봐야죠."

"좋은 생각입니다."

"단지 감시받고 있다는 느낌이 불안하긴 한데…."

그러고는 주 신부를 곁눈질하며 말을 이었다.

"그 '미카엘'이라는 사람, 음흉해 보이진 않던데요?"

"……."

주 신부는 내 말을 한쪽 귀로 흘려들은 채, 커피 향을 음미하며 도서관과 그 맞받이인 우리 방을 번갈아 쳐다봤다.

"그리 믿어진다면야…. 불리한 조건에서 흑막을 걷어내려면 순응하는 수밖에요."

"그럼 신부님. 동화책은 제가 가져가겠습니다. 좀 이따 하세역에서 뵙죠."

나는 숙소를 나서면서 동화책을 펼쳤다. 초반부의 내용은 '한 과장의 원고'와 동일하다.

"흠흠!"

이내 목소리를 가다듬고 '우아한 요정'의 억양과 어투, 목소리를 구연해보았다.

「그렇게 해서 서연 공주님은 무사히 꽃비가 내리는 지역을 지날 수 있었어요. 이 모든 건 산타클로스처럼 포근포근 친절하게 대해주신 할아버지 덕분이에요.

어서 감사 인사 드려야죠, 서연 공주님?

"할아버찌, 고맙습니다. 꾸벅!"

"껄껄껄. 아주 예의가 바른 꼬마 아가씨군요."

앗! 실례입니다. 이분은 깊고 깊은 숲속 나라의 서연 공주님이

랍니다.

"어허…. 이런이런! 어쩐지 품위가 있어 보이시더라니…. 공주님, 송구하옵니다. 부디 이 늙은이를 용서해주십쇼."

"아니에요. 산타 할아버지!"

"황송하옵니다. 공주님께서 제 정체를 어찌 아시고, 저를. 껄껄껄."

"산타 할아버지! 우리, 산타와 루돌프 놀이해요!"

"껄껄껄. 공주님, 지금 어디로 가는 중이시죠?"

"저는 '반짝반짝' 나라로 가서 부모님을 찾을 거예요. 루돌프! 루돌프!!"

"허허. 이런 대건하고 듬직한 공주님을 보았나. 제 아들이 본받아야겠는걸요?"

어머! 아드님이 있으신가요?

"네. 늦둥이가 하나 있습니다. 공주님처럼 어여쁜 아들이죠. 그렇지만…."

아얏! 할아버지 우시지 마세요. 공주님! 공주님! 어서 할아버지를 다독거려 주셔야죠?

"할아버찌 울지 마세요. 왜 우서요, 저도 슬퍼요. 토닥토닥."

"아뢰옵기 황송하오나, 제 아들이 며칠째 아파하고 있어서…. 아차차! 공주님을 위험에 빠트릴 순 없지."

위험이라고 하셨나요? 저는 공주님의 보호자 '우아한' 교사입니다. 제게 말씀해주시면 감사하겠습니다.

"다름이 아니오라, 이 지역은 울음소리만 들리면 하늘에서 흑표범이라는 무서운 새가 내려온답니다. 그 녀석은 예쁜 검은색 깃털로 울보만을 유혹해서 엉덩이 반쪽만을 간질이는 무서운 놈이랍니다. 그러니 어서 이쪽으로."

공주님은 할아버지를 따라서 아주 거대한 나무로 들어갔어요. 그런데 어머나, 이런 세상에나! 나무속에는 지하로 통하는 나선형 계단이 있었어요.

"산타 할아버님, 조심히 내려가세요."
"예. 공주님도 천천히 내려오세요. 요정님도요."
"산타 할아버님은 성함이 어떻게 되시죠?"
"이름 따위는 없지만, 그냥 제시카라 불러주십쇼. 껄껄껄."」

'이런 니미럴. 뭐 이리 길어? 그리고 뭐?! 제시카 할아방??'

앞으로는 유치하기 짝이 없는, 과유불급(過猶不及)형 조잡한 내용이 점고(漸高)하는 관계로 전후곡절을 간략히 정리한다. 이번 줄거리는 대충 이러하다.

서연 공주와 제시카 할아방은 지하세계의 저층부, 새둥지 마을로 들어갔다. 그곳은 '이름 없는 왕'이 통치하는 '이름 없다' 지역으로서, 이름이라는 작위를 받은 자만이 거주하게 되는 규율 및 규약이 있었다.

제시카 할아방은 세상사가 답작대는 것이 간혹 마땅찮아 공연히 심지가 불합했지만, 나름대로 안락한 삶을 영위하고 있었다. 다만 어여쁜 아들이 집에서 이불을 덮은 채 연일 아파하고 있었기에, 적잖이 답답하고 마음이 쓰였다.

우아한 요정은 침대로 다가가서 그 남아의 이마를 짚어보았다. 열은 없었다. 그저 이름을 빼앗긴 슬픔으로 인해 일어나지 못하는 것뿐이다.

"내 이름을 돌려줘요…. 내 이름을 돌려줘…."

남아는 혼잣말로 중얼거렸다.

"이름 냄새가 난다, 킁! 이름들의 냄새가 나, 킁킁!!!"

갑자기 새둥지 마을에 무시무시한 목소리가 울려 퍼지더니, 금세 제시카 할아방의 집에 가까워져 왔다. 공주 일행은 주춤주춤 뒤로 물러서다가 얼른 침대 밑으로 몸을 숨겼다.

어느새 현관 창문에 공포의 그림자가 드리웠고 제시카 할아방이 침대와 바닥 틈으로 소곤소곤 속삭였다.

"공주님, 요정님. 뒷문으로 나가시죠."

그들은 뒷문을 통해 외부로 무사히 빠져나올 수 있었다. 하지만 공주 일행은 그 공포와 소름을 야기하는 형상을 목격하고야 말았다. 마치 귀엣말로 속삭이는 것 같은 무시무시한 목소리가 귓가와 머릿속에 괴롭히듯 감돌았기에 돌아볼 수밖에 없었다.

"난 금이 좋아 룰루, 난 이름이 좋아 랄라!"

그것은 환하게 하얀빛을 발하는 아리따운 남성의 몸과 일각수의 얼굴, 뽀글거리는 흰색 머리털을 지녔고 '바다거북이'만한 진공청소기를 어깨에 걸머메고 있었으며, 수십여 개의 머리핀들까지 모발 곳곳에 어지럽게 매달려있어 그 형태가 무척이나 괴기스러웠다.

그리고 그 머리핀에는 각종 이름이 적혀있었는데, 앞으로 작위 해줄 명칭들이자 진공청소기로 빨아들인 '여류(餘流)의 이름'들 중 폐기처분을 면한 명칭으로 갈래지은 것이었다.

곧이어 '지상으로 이어진 토끼풀 사다리'와 '아래층으로 이어진 가시덤불 배관 입구'가 공주 일행 앞에 나타났다.

"나도 금이 좋아."

"예?! 할아버님, 방금 뭐라고 하셨나요?"

우아한 선생님이, 중얼거리는 제시카 할아방에게 물었다.

~~그러자 제시카 할아방의 한 손이 공주님 뒤에서 날래게 움직였다. 그녀를 배관으로 밀기 위한 목적성이 뚜렷해 보였다.~~

이후의 이야기는 남은 책장이 찢어져 있는 관계로 알 수 없었다. 또한 찢겨있는 종이의 글씨에는 이번에도 위와 같이 밑줄이 그어져 있었다.

—2—

"지언 형제. 여기가 맞습니까?"

"네. 오후 1시에 만나기로 했는데, 이상하네요."

우리가 현재 서있는 장소는 가마쿠라 시내의 고마치 도오리(小町通り) 입구.

"젠장. 여기 도리이가 아니었나?"

"혹시 와카야미오지(와카야미 대로)쪽이 아닐는지…"

참고로 '고마치 도오리'는 '와카야미 대로'를 거쳐 '쓰루가오카 하치만구'로 이어지는 코스의 첫 관문이다.

"아니요. 이곳이 맞습니다. BUON GIORRNO!(좋은 하루!)"

마침내 미카엘 아가치가 모자를 깊숙이 푹 눌러쓴 채 나타났다. 그런데 DSLR로 느닷없이 고마치 도오리를 찍는 시늉을 하며 지나친다.

"이상한 행동 좀 그만하시죠."

나는 머릿속에 바로 떠올랐던 냉소를, 그대로 나직하게 내보였다.

미카엘 아가치는 마치 길거리를 어정거리는 척, 내 옆으로 스윽 다가오더니 속삭이듯 말했다.

"마침 관광객들이 대거 오는군요. 이제 저 무리에 섞여서 일행이 아닌 척 따라오시면 됩니다."

그 이후로 우리는 일정한 거리를 유지한 채, 와카야미 대로의 단카츠라까지 대화를 이어갔다.

'저런 미친 형사. 이게 더 수상해 보이거든?'

어느덧 시간이 흘러, 늦은 저녁 11시.

나와 주 신부는 거실에서 텔레비전을 시청 중이고 또리는 내 방 침대에 누워서 우릴 바라보다가 주변을 주회하고 있다.

오늘은 고마치 도오리의 아기자기한 가게를 들리는 등의 이른바 웰빙 투어를 기대했건만, 미카엘이라는 폭탄으로 인해 실망할 틈도 없이 놓치고 말았다. 그리고 나만의 가상공간에는 미카엘로부터 들었던 얘기 및 그 대상들이 주회하고 있다.

나는 소파에 앉아있는 주 신부에게 물었다.

"신부님. 한 가지 물어봐도 될까요?"

"예. 물론입니다."

"지금도, 저와 같은 그림… 다른 생각이시죠?"

가까운 과거. A.D 2018년, 6월 중한(中澣).

「지언 씨, 우선 미안함을 전하고 싶군요…. 아무도 믿지 마세요. 나는 최 사장이 의심됩니다.
…… 혼란스럽습니다. 당신은 곧….」

한 과장의 글씨체였다.
 과연 지언이는
어디까지 연관되어 있을까.
 우선은 이 종이쪽이
언제, 누구로부터 어떻게
 이양된 것이냐가 관건이다.
일단은
 한 과장에게 전해 받은 것이
적확한 정황이라 보고,
 조만간 한 과장의 부인을
만나야 한다.
 행방불명의 '키맨'인
최병직은 그다음이다.

제임스 하더 그로우

오늘 오후에 우리는 미카엘 아가치와 고마치 도오리를 걷고 있었다.

"미카엘 씨. 당신의 목적은 무엇입니까?"
내가 물었다.
"제 목적이요?"
"예. 당신이 우리 주변과 이곳을 서성이는 주된 목적."
"흠흠! 제가 먼저 당부 한 말씀 드리죠. 어떤 불순한 목적을 위해서 감언이설로 현혹하지 말아 주십쇼."
주 신부는 미카엘 아가치가 혹여나 속이거나 꼬드길 의향을 내비치고 어떤 꿍꿍이를 역권해올까 심려하여, 초장부터 그를 압박했다.
"정말 나쁜 의도는 없습니다. 제가 아는 선에서 성심성의껏 답할 것이고요. 자, 보십쇼. 기껏해야 지갑이 전부입니다."
다행히 미카엘은 넉살 좋은 표정으로 주머니에서 지갑을 꺼내 들며 넘어갔다.
주 신부와 나는 눈빛을 살짝 교환했다. 우리는 미카엘의 국적과 내력, 과거 행적을 의심하고 있었다.
어느 누가 알겠는가, 고국에서부터 우리를 미행하고 있었던 것일지….

내가 다시 물었다.

"당신이 어설픈 행동을 남발해서 물어보는 건데, 정말로 경찰이 맞나요?"

"예. 경찰이 맞습니다. 다만 '교황청 소속'이란 사실이 신부님에겐 특별히 와 닿겠군요."

미카엘은 겨우 그 몇 마디로 우리를 마치 깜깜한 동굴로 끌고 가는 것 같았다. 아무도 살지 않는, 끝이 보이지 않는 깊숙한 동굴로 말이다.

미카엘은 자연스럽게 주 신부의 뒤쪽을 DSLR에 담으면서 주 신부의 눈으로 시선을 가져갔다. 그러자 주 신부 또한 호전적인 면을 거두고 눈을 가늘게 떠서 미카엘을 쳐다봤다. 당최 알 수 없는 의미의 눈빛 교환이다.

미카엘이 먼저 입을 열었다.

"이지언 씨. 방금 제 행동이 어설프다고 하셨나요?"

"예. 억지로 꾸며내는 것 같으니까요. 전혀 상황에 맞지 않는 표정과 행동으로 일관, 매우 진심이 결여된… 매우, 매우 작위적인 느낌."

나는 미카엘의 질문에 무심하게 대답했다.

"아, 그렇군요. 이번에도 역시 들켰군요…. 이거이거… 숨길 수가 없어요."

미카엘의 느긋한 웃음이 순간 사라졌고 그와 함께, 활달하고

극성맞은 리듬도 무뎌졌다.

"진심을 드러내지 못한다, 의도를 드러내지 못한다…."

미카엘이 보일 듯 말 듯 한 미소로 답하기 시작했다.

"그것은 아마도 제 감정이, 과거 어딘가에서 헤매고 있어서 그럴 겁니다. 그래서 가끔은 옛날 사진을 확인하고 뒤늦게 사진 속의 제 감정을 학습하곤 하죠. 마치 내가 원하는 물건을 한참 뒤에나 얻듯이…."

"무슨 말입니까? 그냥 하세데라에 들어간 목적부터 시작하시죠."

나는 혹여나 있을 연민의 감정이 이입될 순간을 차단해버렸다.

"제 목적이요? 표면적으로는 바티칸의 지침에 따라 움직이는 것입니다만, 그건 권고사항일 뿐…. 저도 당신처럼 보이지 않는 유령의 가면을 벗기려 합니다. 제 감정을 일부 앗아간 존재를 말입니다."

"바티칸의 권고사항?"

"감정을 앗아간 존재?"

주 신부와 나는 그와의 거리를 어느 정도 유지하며 동시에 의문을 표했다. 그러나 우리는 함께 들은 얘기에 관한 궁금증조차 서로 다른 지점에서 출발했다.

미카엘은 진중하게, 조금은 경쾌해진 목소리로 말했다.

"두 분 다 진정하시죠. 설명할 시간은 충분합니다. 그리고 어차피 목표 지점은 같으지요."

나와 주 신부는 미카엘을 제대로 파악하기도 전에, 그의 말에 귀를 기울이기 시작했다. 특히 주 신부는 발의 방향이 대놓고 미카엘을 향할 정도로, 내가 미카엘이란 자를 만났다는 말에 의문과 불신을 표한 전날과는 사뭇 다른 반응을 보였다. 미카엘이 말을 이었다.

"제가 이러는 데 있어서 가장 큰 영향을 끼친 두 사람이 있습니다. 그중 한 사람은 주 신부님도 잘 아시는 '미쓰이 마르코' 신부님. 나머지 한 사람은 금발의 이름 없는 친구…."

나는 미카엘의 말을 들으면서 주 신부에게 조용히 속삭였다.

"마르코 신부가 누구죠?"

"한국명은 정상웅 마르코. 제 유학 시절에 동고동락한 친구입니다. 최연소 대주교이자 대교구 교구장을 역임할 뻔했던 유능한 친구였죠. 한때는 말이죠."

주 신부의 과거에는 말 못 할 사정이 있는 것 같았다.

나는 더 이상 물어보지 않았다. 어차피 우리는 미카엘의 뒤를 따라, 또 다른 어두운 터널로 깊숙이 들어가고 있었기에….

미카엘은 고개를 저으며 말했다.

"주 신부님도 아시다시피, 마르코 신부님은 이미 주님 곁에 계십니다. 그리고 나머지 한 사람은…."

그가 잠시 말을 멈추었다.

"이제는 찾을 수 없는 존재인 것만 같습니다. 눈을 감으면 그의 목소리가 여전히 귓가에 맴돕니다. 무작정 벗어나려 하면 공허함에 걸려서 넘어지곤 합니다. 벌써 그를 못 만난 지도 20년 이상 되었군요. 그 친구 이름은 메이나시… 제임스…."

알고 보니 그것은 어떤 동창생의 얘기였다. 그런데 단지 평범한 소재일 뿐인데, 왠지 모르게 내게 어떤 자극적인 것을 기대하게 만드는 시작이다.

"제가 고등학생이던 어느 날. 금발의 미소년인 메이나시가 다가왔습니다. 그가 그러더군요. '어이, 미카엘 아가치. 무슨 일인데 그렇게 기죽어있어?'라고. 나는 분명히 그를 만난 적이 없습니다. 그런데 시간이 조금 흐르자, 어느새 내 어릴 적 기억에 들어와 있었죠. 저는 그에게 말했어요."

「 "아, 맞다. 내가 혼혈인이라고 놀림 받았을 때, 네가 위로해 준 적이 있었지? 맞아, 맞아. 너는 유년기의 나를 위로한 적이 있었어."

"아니야, 미카엘. 그건 내가 아니었어. 그때는 너에 관한 얘기를 옆 반에서 듣고만 있었어. 만약 내가 나섰다면 너는 나를 한 대 쳤을 걸? 분명 동정이 싫었을 테고 혼혈인 둘이 단합하는 모습이 너에겐 부담이었을 테니까…. 그래 맞아. 나도 혼혈인이야." 」

"메이나시의 눈동자와 언사 한마디, 한마디에는 거부할 수 없는 신비로운 기운이 서려 있었어요."

―2―

고마치 도오리에 위치한, 어느 카페 옥상에 딸린 발코니. 우리와 미카엘은 서로를 등진 채 커피를 마시는 중이었다.

미카엘이 계속 말을 이었다.

"저는 그 말을 듣자마자 전날 수업 시간에 있었던 불합리한 일을 털어놓았습니다. 선생님의 무지한 발길질로 인해 교실 바닥에 나뒹굴었던 일이었죠. 단지, 발에 상처가 나 있어서 양말을 벗은 것뿐인데 수모를 당해야 했어요. 생각해 보니 사적인 감정을 다스리지 못한 분풀이였더군요."

미카엘은 고개를 우리 쪽으로 약간 틀었다.

"결국 선생님은 천벌을 받았습니다만…. 만약 그 대상이 제자인 것을 알았다면 어떤 기분이 들었을까요?"

"천벌을 내렸다고요? 학생 신분이…??"

내가 되물었다.

"아니, 징벌이 맞는 표현이겠군요. 절대적인 존재가 하늘을 대신한다고 순간 착각했으니…."

"더 자세히 얘기해보시죠. 어서요!"

주 신부는 주먹을 쥔 채 목소리를 한 옥타브 냅다 높였다.

그러자 미카엘은 다시 정면을 바라보고 말했다.

"그로부터 얼마 뒤에 메이나시가 전학을 왔습니다. 그리고 한 학기 만에 전교 수석, 심지어 모든 분야에 우상향을 그리며 계속 성장하는 존재로 인식되었죠. 가끔은 증명되지 않은, 듣도 보도 못한 이론과 기상천외한 지식을 내놓는데도 누구 하나 반론을 제기하지 못했고, 오히려 학문적 권위 의식에 매몰되어 굳게 닫혀버린 교사의 귀마저 열어버리며 광대한 인문학적 소양을 쌓게 도와줬습니다. 그리고 다음 해 여름에는 마침내 징벌이 시작되었죠."

우리는 다소 거칠어진 그의 말에 깊숙이 빠져들기 시작했다.

"어느 날 메이나시가 수업 시간에 양말 한 켤레를 벗었습니다. 그러자 제게 발길질을 한 선생이 다가가서 그를 다그쳤죠."

「"메이나시, 너 지금 뭐 하는 행동이니."
"발에 상처가 나서 통풍이 필요합니다, 선생님."
"어서 신었으면 하는데…"
"죄송합니다만 혹시 교칙에 어긋나는 행위입니까? 만약 그렇다면, 학생 본연의 의무를 해하는 교칙 같습니다."
"……건방진 놈이 말대꾸는. 어서 신어, 새끼야."
"죄송합니다, 선생님. 감히 교권에 흠집을 내버려서."
"뭐, 뭐라고! 뭐라는 거야, 이 새끼가!!"」

"그러나 메이나시는 자신을 향한 발길질을 감당하며 태연히 말하더군요. '지금은 선생님이 저를 내려 보시지만 우리가 법정에 서는 순간…'"

나와 주 신부는 사태의 정황을 상상하고 미간을 찌푸렸고 미카엘은 당시의 메이나시처럼 일어나면서 말했다.

"'적어도 이 눈높이 차이에서 시작될 겁니다.'라고요."

"당돌하군요…."

"그래서요? 그래서 선생은 어찌 되었죠?"

나는 낮은 목소리로 성급히 물었다. 내 마음에 내재하여 있던 작열하는 태양보다 더 뜨거운 열정이 내면에서 활활 타올랐고 그 불길이 얼굴까지 솟구치는 듯했다.

미카엘은 자연스럽게 커피잔을 들고는 와카야미 대로와 쓰루가오카 하치만구의 고풍스러운 운치를 감상하며 말했다.

"다음날 선생님은 무단결근했습니다. 그리고 며칠 후 살해되었다는 소식이 들려왔죠."

"예에!? 살해요?"

나는 놀라서 물었다.

"예, 살해입니다. 아내 몰래 몇 년간 정부를 두었던 선생님은 정부의 아들에게 죽임을 당한 채 발견되었습니다. 직접적 사인은 목 부위 자상. 갓 열두 살이 채 되지 않은 사내아이의 칼에 목을 찔린 것입니다. 그리고 선생님이 죽임을 당하던 날에 메이나시는, 여느 때처럼 여러 불합리한 상황을 대변해주며 교장과 면담하고 있었죠."

우리 사이에 1분간 적막이 흘렀다. 들려오는 소리라고는 제대로 발정이 나버린 또리의 거친 호흡과 녀석을 몇몇 관광객들이 얼러보는 소리.

또리는 황홀경에 빠져서 여성 행인들 앞으로 덜러덩 나자빠졌고, 나는 그녀들을 히뜩 쳐다보면서 또리 곁으로 다가갔다.

"스미마셍, 스미마셍. 얌마! 이리 와, 이리! 뚜이부치, 뚜이부치! 제가 이 강아지 주인입니다. 하하하하!"

"미카엘 씨는 메이나시의 가족을 본 적이 있습니까?"

주 신부는 우리의 탈선에도 아랑곳하지 않고 무거운 이야기를 이어 나갔다.

"직접 뵌 적은 없습니다. 가족 이야기를 일절 하지도 않았고요. 대신 그의 집으로 초대받아 간 적이 있습니다. 우리는 그날 해변을 걸으면서, 메이나시가 교장을 상담해준 얘기부터 시작해서, 여러 고민을 나누고 앞일과 삶의 이치를 담의했습니다."

「"미카엘. 너 무슨 고민 있니?"

"어, 있어…. 저기 메이나시!"

"으응?"

"너는 신이 존재한다고 믿어?"

"음!? 갑자기??"

"다름이 아니라 우리 집이 아빠가 일찍 돌아가셔서 힘들거든. 그런데 남은 가족이 발버둥을 치며 신만 찾는 거야. 그래, 좋다

이거야. 근데 내 의견 따위는 들리지도 않나 봐. 무시가 일상이고 이거저거 너무 스트레스야."

"우리 가족도 너희처럼 성당을 다녀. 일본의 가톨릭은 0.5%에 불과한데 우연이란 것이 참 신기해. 그치?"

"아, 그래? 우와 이거 신기하네. 근데 너는 안 힘들어?"

"안 힘들어."

"그렇지. 네 부모님은 잘 들어주실 테니까…. 우리 집은 아니고…."

"미카엘. 나는 말이야. 어떤 사건을 절대화 시켜서 다양한 의견과 사상, 기조를 억누르는 것이 인간이 저지른 가장 큰 역사적 병폐라 생각하거든?"」

—3—

우리는 1인극 공연의 VIP 관객이나 다름없었다. 우리는 왜, 저 꺽다리 광대의 1인극을 보고 있는 것인가. 이건 관객모독이다. 관객과의 상호 간 소통이 허락된 1인극에서 저토록 화려한 구연에만 집중하는 건, 이건 관객모독이다.

'저 다중이 같은 놈이…. 어지간히 메이 뭐시기가 머릿속 깊이 박혀있나 보네. 그리고 저 모습은…… 예전의 내 모습 같군.'

그러나 미카엘 아가치의 1인극은 꽤 오랫동안 펼쳐졌다.

「"그래. 나도 동의해."

"그럼 미카엘. 이건 어때? 왠지 너의 의견과 일치할 것 같은데."

"어떤 의견??"

"종교란 것은 생전에 위안받기 위한 수단이자 우매한 대중을 착취하기 위한 수단이다. 고로 교무금을 바치는 행위는 미련하다."

"그리고?"

"종교적인 삶의 형태는 천차만별이나 끝내 동일한 목적지에 도달한다, 세상에 절대적인 진리란 존재할 수 없다, 고로 서로 폄훼하기보다는 서로 존중하자?"

"뭐…. 몇 가지는 인정. 그리고 또 있어?"

"너는 무교이다?"

"어. 나는 무교이다. 아니, 무교에 가깝다."

"그러나 너희 가족은 너에게, 무교란 것은 고집이 가장 강한 종교를 가지고 있을 뿐이고 역사적으로 이어져 온 심오한 세계를 증명할 길이 아니라며, 절대적 믿음으로 응수하고 전근대적 사고체계로 강요했겠지?"

"맞아. 나 보고 '자신교'라 하고… 말만으론 설명이 불가한 영역이라 하고… 구식 사고방식을 강요하고…. 우와! 놀라운 통찰력. 완전히 꿰뚫어 보네 너."

"근데 미카엘, 그거 아니? '아보가드로 수'라고…. 1mol의 기초

단위체 속에 들어 있는 입자의 수를 말하는데, 1mol 기체 분자가 차지하는 부피는 22.4l로 생수통만 하고 1mol의 물 분자는 18ml밖에 안 돼. 그런데 이 정도의 공간에 입자의 수는 아보가드로 상수의 값 6.022 140 76 $\times 10^{23}$ 개가 있다고 해. 박사 사이먼 드라이버가 계산한 우주의 별의 총수인 약 $7*10^{22}$ 보다 10배나 많을 정도로, 한 모금에 삼킬 수 있는 물에 이리 많은 분자가 있어. 게다가 공기 중에는 수소 분자, 산소 분자, 헬륨 및 질소로 배합되어 우리는 일시도 공기 없인 살아갈 수 없지. 그러나 대기권 밖의 진공에는 1mol당 수소 원자가 10개 정도에 불과해. 무척 질서 있게 돌아가고 있지 않아? 결코 우연의 산물일 수 없어. 절대적으로 은총의 산물이지. 어떤 지성인은 이리 말하기도 해. 과학을 모르면 무신론자가 되지만, 과학에 조예가 깊을수록 신의 질서를 만난다."」

"그러면서 메이나시는 바다를 바라보며 말했죠."
다시 제자리에 앉은 미카엘은 또리와 그 주변을 에워싼 여성들을 지그시 쳐다보며 말을 이었다.
"'왜 생명체 대다수는 마치 누군가 만들어낸 완벽한 공식처럼 암수가 존재하고 그로 인해서 또 다른 생명체가 잉태될까? 왜 바다에는 조석 현상이 일어날까? 왜 인력, 중력, 그리고 부력에 의한 부양력은 상관관계에 놓여있을까? 왜 바닷물에는 염분이 존재할까? 왜 염분이 모이게 된 것이며 그 화학조성에 관한 진실은 무엇일까? 그 밖에 해구 지반, 암석권, 층상구조의 근원 등 수많은 인과관계의 기원…. 왜 세상은 이토록 아름답게 존재하고 있을까? 과연 이 모든 게 우연의 일치일까?' 저는 그의 신비로 가득 찬 얼굴에 말문이 막혔습니다. '나는 신의 유무에 매달린다거나 신을 도구와 수단으로 이용하기보다, 그저 지켜보겠어. 신에게만 기대지 않을 거야. 신에게만 인류의 죄악과 나약함을 짊어지게 하지 않을 거야. 아버지도 아마 지쳐있을걸? 아, 심심한데 신을 확 증명해 볼까? 접근해봐? 미카엘??' 그리고 그의 말을 듣고 나는 바로 대답했어요. '그래, 메이나시. 너라면 할 수 있을 거야!' 순간 저는 그의 후광인지, 노을빛인지 모를 오라를 보며 황홀해했습니다. 갑자기 내 생명이 하찮게 느껴졌어요. 그러자 그가 입을 열었습니다."

「"백년고락을 함께, 나란히…. '절대자'로부터의 탈출…. 얼마나 자유로울까? 이리 와봐, 미카엘. 그들의 귀를 열리게 해줄게."」

—4—

우리는 다시 코마치 도오리로 나와서, 선두에 나선 미카엘을 일행이 아닌 척 뒤따르고 있었다. 이번에도 꽤 많은 여성 행인들이 삼삼오오 또리 곁으로 모여들었고, 그 순간 미카엘이 좁고 어두운 뒷골목으로 잽싸게 걸어 들어갔다. 우리도 곧바로 그녀들의 틈을 비집고 들어가서 날래게 뒤따랐다. 얼마나 들어왔을까. 어느 순간 미카엘은 충분히 깊이 들어왔다는 생각이 들었는지 보폭을 줄이고 걷는 속도를 늦추더니, 어떤 메모지를 펼쳐 혼잣말하듯 낭독했다.

"청개구리를 비극소설의 주인공으로 만들려는 내 가족에게. 이제부터 저의 하찮은 이야기를 들어주세요. 저는 어제 심리사의 대부이자 청개구리 어린 시절을 보낸 '제임스 하더 그로우'를 만나서 좋은 이야기를 들었습니다. 그는 고독함 때문에 뱀의 서식지로 뛰어내린 후, 그곳은 단지 약하디약한 곤충들이 지어낸 허구의 세상임을 알게 되었습니다. 그리고 고독과 죽음을 뛰어넘는 용기를 발견하였습니다. 그는 그러한 대담성으로 평범한 개구리로 넘쳐나는 심리학의 세상에서 새로운 지평을 열었습니다. 저 역시도 그럴 겁니다. 저도 이제 청개구리로서 인정받아보려 합니다. 제임스의 저서 서문에는 '당신을 도와주겠어, 혹은 치료하겠어'라는 목적을 내담자에게 보이지 않는다고 명시되어 있습니다. 또한 '그들에게 최고의 안식은 경청이며 상대방의 진심이 일순이라도 와닿는 순간이니, 상대방의 이야기와 속마음을 즉각 들으려 한다거나 자신이 원하는 반응을 끌어내려 되레 부담을 가중하는 어리석은 행동은 자중해야 한다. 그것은 강요와 다를 바 없다'라고도 나와 있습니다. 그리고 그는 인터뷰에서 이렇게 말해왔습니다. '저에게는 타인의 삶을 즉시 판단하여 명쾌한 답을 제시할 수 있는 권리와 능력은 없습니다. 모든 삶에는 인간이 재단할 수 없도록 불가항력적 요소가 자리 잡고 있기 때문입니다. 아마도 우리가 완벽한 존재라고 여기는 신께서도 인생을 복잡 미묘하게 만들어서 후회하고 계실지도 모르죠. 뭐 이런 복잡한 생명을 창조했나 싶기도 할 거고요. 그런데 저는, 심지어 인간입니다. 그렇기에 그저 인내하며 무채색의 자신을 타인의 삶에 충분히 대입시킨 후에 자연스러운 도움의 손길로 내담자의 굳은 마음을 어루만져줄 뿐입니다. 식사 자리어도 좋고 화장실이어도 좋습니다. 빠르게 지나가는 찰나가 도움을 주기에 가장 좋은 순간이죠. 그때야말로 '자신이 도움받고 있다'라는 생각이 전혀 들지 않는 순간이기도 합니다."

나는 서둘러 미카엘의 앞을 지나가면서 그를 몰래 쳐다보았다. 그의 목소리가 점점 격앙되어감에 심각성을 느낀 탓이었다.

미카엘은 과거 이야기에 완벽히 동화된 표정이었다. 그가 계속 말을 이어갔다.

"자신이 얼른 인정받고 싶어도 혹은 자만하여 뛰어남을 보이고 싶다고 해도, 심지어는 순수한 마음에 얼른 도움을 주고 싶다고 해도 '마부작침'의 자세로 인내해야 합니다."

미카엘은 마침내 다소 높아진 목소리를 죽이고 쪽지를 주머니에 도로 넣었다. 우리의 시야에 쓰루가오카 하치만구의 입구가 들어왔다.

미카엘이 말했다.

"저는 그날 저녁에 이 글을 가족 앞에서 차분히 읽었습니다. 이것은 제 고충을 들은 메이나시가 단숨에 적은 글인데, 제가 늘 가족에게 말해왔던 부분을 '제임스 하더 그로우'의 말을 인용해서 각색한 것입니다. 한데 가족의 반응이 놀라웠습니다. 분명히 제가 평소 해오던 말인데도 전혀 다르게 인식하며 '제임스 하더 그로우'의 이야기를 진지하게 받아들였습니다. 저는 정말 좋았습니다. 메이나시가 이르길, 그 자신만이 모를 뿐, 죽음만큼의 끔찍한 해를 주기적으로 가할 수 있는 생물은 한 종밖에 없고, 그건 순수한 의도의 접근만으로도 상대방을 절망에 빠트려 나락으로 떨구는 인간이라고 했는데, 내가 가족에게 그 말을 일깨워 주는 일침을 가했으니까요. 저는 가족에게 당당히 말했습니다. '제임스 하더 그로우'는 가공의 인물이라고요. 저는 정말 고소했습니다. 그들 자신은 상대방을 동등한 시선으로 순수하게 바라본다고 평상시 반발하곤 했지만, 착각의 장막을 걷어내니 자만이 보였고, 자만을 걷어내니…."

"그들의 귀가 열린 셈이군요."

"예. 맞습니다."

주 신부의 말에 미카엘이 짧게 대답했다. 어쩐 일로 주 신부는 욱기로 인한 엄포 대신, 차분한 톤의 대화를 유지했다.

"혹시 메이나시의 얼굴을 확인할 수 있는 사진을 소지하고 계십니까?"

"아니요, 없습니다. 앞으로 언급할 사건 이후에, 저와 마르코 신부님이 그의 집으로 갔지만 단 한 장도 찾을 수 없었습니다. 더욱이 현재는 찾으러 가고 싶어도 갈 수 없는 장소가 되어버렸죠."

"그게 무슨 말입니까."

"지금껏 말했던 일들은 모두 후쿠시마에서 벌어진 일입니다. 원전 사고가 일어난 곳 말입니다. 하지만 알아낸 사실도 있죠."

"……."

"메이나시의 집 명의가 후쿠시마 대학의 명망 높은 교수의 이름으로 되어있다는 것과 후쿠시마대학 부속 유치원의 부원장이 그 교수의 부인이라는 겁니다. 그리고 제가 어릴 적 다녔던 유치원이 후쿠시마대학 부속 유치원. 이제 뭔가 조금씩 냄새가 나지 않습니까?"

"꼬르륵"

그때 초밥 가게로 고개가 동시에 돌아간 나와 또리의 뱃속이 스시를 애타게 부르기 시작했다.

그러자 미카엘이 말했다.

"저 초밥가게에서 만납시다. 제가 몰래 쏘겠습니…… OH SHIT! 이런 쿠소야로!! 지갑이 없습니다, 없어요!! 정말 죄송하지만 친절하신 여러분. 제게 초밥을 베풀어주셔야겠습니다. 그리고 다음 이야기는 내일 이곳에서 1시부터 하도록 하죠. 허허허!"

잠시 후 초밥 포장을 양손으로 들고나온 미카엘 아가치. 그런데 우리는 아직 미카엘의 진짜 목적을 듣지 못했다.

"미카엘 씨! 그러니까 당신의 진짜 목적이란 게… 어이, 어이! 이봐요!!"

또다시 잽싸게 튀어버린 셜록이의 모습.

다시 현재로 돌아와서. 이곳은 날랜 셜록이의 기억이 떠다니는 하세데라의 숙소.

주먹이 끓는다, 끓어. 파르르 떨린다, 떨려.

'대개 또라이가 그렇지. 완전 미친 자식이야, 그거.'

이런저런 일들이 있을 수야 있겠지만, 그래도 녀석의 뜬금없는 퇴장이야말로 제대로 분통 터지게 만든 어이없는 사건이 아니던가.

'그나저나 '메이나시'라…. 보통 대학 부속의 원장은 유아교육과 교수가 겸한다던데…. 원장과 부원장 그리고 두 괴짜들…. 대체 어떤 냄새가 난다는 거냐.'

가까운 과거. A.D 2018년, 6월 하순.

 나는 한 과장의
부인, '최경'을 찾아가 질의했다.
  그녀는 내 추궁에
메모지의 이동 경로,
  한 과장의 행동반경 등
여러 정황을 실토했다.
 '미안하다, 지언아. 만약 너를
완벽히 믿었다면
  쪽지에 명시된 '최 사장'부터 찾아갔겠지…?
그런데 뭔가 묘하게 흘러가기는 한다… 지언아……'
  하필이면
메모지에 명시된
  최병직 사장이 잠적했다.
그것도 지난달(5월) 하순,
  지언이가 쓰러진 날부터
행방이 묘연하다….

제2장

有유 무無

징려하는 가족

'이것은 변비인가? 그 수많은 시간을 허비하고 간신히 내보낸 이물질이 고작 이거란 말인가? 내가 너 따위 애벌레를 보려고 이토록 과도한 식은땀을 흘린 게 아니란 말이다!'

과도한 스트레스 때문이다. 요즘 들어서 불쾌한 나날의 연속이었으니 말이다. 게다가 장시간 앉아있었던 탓에 항문까지 욱신거리는 상황…. 나는 황색 젤리 같은 응아를 보면서 투덜거렸다.

"아무튼 이놈이고 저놈이고…. 하아… 또라이들 천지라니까. 쳇!!!"

앞으로는 매일 밤 월출의 장관을 홀로 조망하고, 월색을 받아 퍼지는 아름다운 은파를 외로이 감상하는 것을 일용상행으로 삼으리라.

—2—

이곳은 쓰루가오카 하치만구의 경내 입구, 산노도리이. 우리는 미카엘 아가치를 기다리는 중이다.

"형제님. 지금 몇 시입니까,"

주 신부가 입을 열었다.

"오후 1시 30분입니다."

"형제님은 이 심상찮은 사태를 어찌 보십니까."

주 신부의 말마따나, 미카엘 아가치는 아직 모습을 보이지 않고 있고 심지어 우리가 지나쳐온 각 역과 에노덴 전철, 그리고 쓰루가오카 하치만구의 주변은 한산한 적막만이 흐르고 있었다.

"그나마 현실적이네요, 미카엘의 감감무소식은."

"그거 말고 또, 뭐… 다른 짚이는 거라도 있습니까?"

"어쩌면 우리는… 생각 이상으로 거대한 그림자와 맞서고 있는지도 모르겠어요. 가마쿠라 시가 한산하다는 게 아무래도 걸립니다…."

"지나친 해석입니다."

"……아니, 비현실적으로 도시가 텅 비어있으니까요."

"설득력 없는 공상입니다."

"예? 공상이요? 이상할 정도로 비어있다는 거지, 공상이 아닙니다!"

"그럼 형제님. 이참에 쓰루가오카 주변을 돌아봅시다."

"미카엘은요?"

"섭리에 맡깁시다. 섭리 아닌 게 없으니, 그에 따른다면 언젠가 만날 수도…. 성령의 권능과 보호하심이 그에게로…."

주 신부는 미카엘의 안위 존망은 신의 손에 달렸다며 성호경(성호 긋기)을 행하였다.

우리는 곧 쓰루가오카 하치만구의 넓은 부지를 족쇄 달린 발목으로 거닐었다. (여기서 족쇄란, 미카엘 신변의 의문부호를 의미한다.)

평안의 오후, 여유의 한 자락을 맡기는 여가, 잘 조성된 정원, 연잎이 흐드러진 홍연(鴻淵), 한가로이 첨벙대는 잉어들과 오리들, 고요하고 평온한 새소리와 바람소리가, 어느덧 쪽빛 녹색세상이 선사하는 평온한 색채에 길들게 하여 잔잔한 소리를 들이도록 만든다.

나는 쓰루가오카의 본궁으로 이어지는 61개의 오이시단(대석단)을 올랐다. 매 한 마리가 날카로운 외마디 소리를 내며 창공을 휘젓는다. 본궁 누문인 사쿠라다몬(桜門)에 거의 다다라서 뒤돌아보았다. 눈부셨다. 매 두 마리가 부드러운 외마디 소리를 내며 창공을 휘젓는다. 간혹, 고지대에서 보는 세상은 낯설거나 상반된 구성마저 훌륭히 변모한다. 오래간만에 나를 축복의 협곡으로 헛딛게 하는 상념들, 아주 오밀조밀하게 잘 짜여있는 공상과 어우러져서.

이어서 나는 하치만구 경내의 테미즈야(てみずや)를 떠올리며 감상에 젖었다.

(테미즈야 또는 쵸즈야(てみずや, 手水舍): 사찰이나 신사의 참배자가 손과 입을 씻어 심신을 정화하는 장소. 국자에 물을 담아서 행하되, 물을 마시면 아니 된다.)

'아… 나만의 렌 하루코가 자신의 오므린 왼손에 물을 담아서 그 물로 입안을 헹구겠지? 아… 나는 그녀를 따라서 국자 씻는 법을 배우고, 예전의 우리처럼 손에 묻은 물기를 얼굴에 튕기기도, 서로의 옷에 쓱 닦기도 하면서… 예전의 우리처럼…'

그러나 상상 속의 그림은 옛 기억 일부와 겹치고 있었다. 그것은 머릿속 회로에서 느릿느릿 움직이더니, 순수한 마음에서 생성된 감정에 이끌려서 마치 하나의 자석처럼 합쳐졌다. 제어할 수 없는 감정이다. 나는 무의식중에 그것을 움켜쥐며 누군가의 이름을 나지막이 뱉어냈다. 마치 라프리아의 고약한 냄새에 파리가 유인당하듯이, 향긋한 악취에 홀라당 넘어가고 있었다.

"みなさん'ようこそ鶴岡八幡宮。(미나상, 요우코소 쓰루가오카 하치만구.)"

바로 그때였다. 누군가가 도거리로 짤막하게 인사했다.

"여러분. 어서 오시지요."

어딘가 외면하기 힘든 힘을 지닌, 낯설지 않은 목소리가 나를 잡아주었다. 그리고 그와 동시에 오이시단의 바로 아래 위치한 하배전(下拝殿)이라 불리는 마이덴(무전,舞殿)에선, 한 후죠(巫女, 무녀)의 등장과 더불어 신도 의식의 절차로 카구라마이(神楽舞:신에게 봉납하는 노래와 춤)가 거행되었다.

나는 황급히 뒤돌아보았다. 사쿠라다몬(본궁 누문)의 좌우를 차지한 두 즈이신들의 거상이 보였고 (즈이신: 일명 수신. 수신문에서 사찰을 지킨다는 무신상.) 그 안쪽에서 누군가가 마치 서서히 드러나듯 걸어 나오고 있었다.

"어라!? 당신은 그때 그… 안내인?!"

"예, 안녕하십니까. 환영합니다."

하세데라에서 만난 안내인이었다. 그녀는 미코(神子, 신녀)의 단정하고 맵시 있는 복장으로 나타나서, 곧장 오미쿠지를 다루는 상점으로 조신한 걸음을 내딛는다.

"오미쿠지로 길흉을 점쳐보시겠습니까?"

"후후후. 제가 또 뽑기 하나는 기가 막히죠."

"저는 됐습니다."

주 신부는 단호히 거절 의사를 밝히면서 번뜩이는 눈초리로 그녀를 불경스레 쏘아보았다.

나는 사사로운 태도로 눈치 없이 엇나가는 주 신부가 못마땅하여 엉얼대었다.

"뭐 어떻습니까. 점괘대로 이루어질 것도 아닌데요."

"……."

주 신부는 잠시 비판적인 태도를 멈추고 생각에 잠겼다. 어두웠다. 민감한 반응이었다. 예전부터 간간이 보아온 비관적 성향…. 안내인은 주 신부의 표정 변화를 살피며 말했다.

"주 신부님은 즐길 권리가 있으신 손님이지, 불청객이 아닙니다. 안심하시지요."

"제가 손님이라…. 먼저 신분을 밝히셔야지 않겠습니까? 그 손님은 아직 안내인 양의 이름도 모릅니다만."

"저는 임시직으로 일할 뿐이고. 아직 제대로 된 이름을 지니고 있지 않습니다. 정말 죄송합니다."

"아, 아닙니다. 이거나 알려주세요."

내가, 성이 나버린 주 신부 대신 답했다. 간간이 외줄타기를 하는 그들을 보는 내내 마음을 졸일뿐더러, 왠지 그녀에게 피치 못할 속사정이 있는 것만 같았고 동시에 '암암한 거리'라는 동화책 내용이 불현듯 떠올랐다.

"저도 진정한 이름을 스스로 불러보고 싶습니다."

간결히 끝맺음한 안내인은 다음 상황으로 넘어갔다.

"지언님. 이리로 오셔서 요금함에 100엔을 넣으시지요. 이 원통형 상자에서 미쿠지보를 뽑아드릴 겁니다."

나는 곧장 요금함에 100엔을 넣었고, 그녀는 원통형 상자를 세차게 흔들어서 미쿠지보(길고 가느다란 나무막대)를 나오게 하였다. 4번이었다.

안내인이 말했다.

"미쿠지보의 번호를 확인하신 후에 그 번호대로 쪽지를 가져가시면 됩니다."

나는 곧이곧대로 오미쿠지함에 다가가서 기대 어린 표정으로 4번 오미쿠지를 뽑았다. 그러자 그녀가 다시 친절히 설명했다.

"만일에 점괘가 흉하게 나왔다면 쪽지를 접어 저 새끼줄에 매달아 액을 막으시고 만약 길이 나왔다면, 소지하시다가 이곳에 다시 오셨을 때 가져오시면 됩니다. 요즘은 운세여부를 떠나서 메어놓는 경우도 많답니다."

나는 안내인의 말을 경청하며 서서히 쪽지를 펼쳤다.

'이거 뭐라는 거야. 뭔 지렁이가 이리도 많다냐.'

나는 아무 말 없이 안내인에게 쪽지를 건넸다. 그녀는 쪽지를 천천히 훑어보면서 내용에 몰두하였고 얼마 뒤, 시종일관 무표정으로 일관한 그녀의 입가에 미소가 번졌다.

그녀가 밝게 웃어 보이며 차분한 목소리로 말했다.

"이 오미쿠지는 전통신앙인 신도에서 신명을 옮겨놓은 것. 중세에 그 뿌리가 있다 보니 중세의 언어가 복합적으로 섞여 있습니다. 그래서 사실 저도 직역보다는 의역을 주로 할 수밖에 없고 완벽하게 번역하기 쉽지 않습니다. 그래도 길인 사실은 알 수 있죠."

"오, それ本当ですか。" (그게 정말입니까.)

"그럼 한국어로 번역된 오미쿠지를 드리겠습니다."

"흠흠! 네, 주시죠."

나는 오미쿠지를 냉큼 받고는 입을 다물어 콧숨을 내쉬었다.

"흠흠! 어어, 신부님!!? 같이 보실래요?"

"됐습니다! 저는 저쪽이 좋습니다!"

어느새 주 신부는 빈 술통을 전시해 놓은 곳인 마이덴 근방을 향해 오이시단을 내려가고 있었다. (마이덴 좌측에는 매년 정초에 주조회사들이 봉헌한 최상품의 주류가 비치된다.)

주 신부는 가끔 안면과 쇄골, 뒷덜미에 불콰한 주기가 감돌 때가 있을 정도로 은근히 대중주(大衆酒)를 즐긴다. 한마디로 입맛을 다시며 전국 각지에서 올라온 술통을 바라보는 장판파의 장비, 그 혈육이 따로 없었다.

나는 그딴 술주정뱅이는 뒷전으로 두고, 내 찬란한 운발이 담긴 내용을 즉각 읽어갔다.

소원: 우려를 낳으나 이루어진다.
기다리는 사람: 더디게 온다.
병자: 염려를 놓아라. 완쾌된다.
잃어버린 물건: 단념하라. 헌납하라.
연애: 타인 방해 없다. 그러나 승산도 없다. 갈등할 가치조차 없다. 헌납하라.
다툼: 부디 피하라. 권면한다, 소녀감성 영웅이여.
질병: 거리가 먼 잡념.

그림자도 보이지 않은 어둠이라
달빛만을 의지하려 하니
하늘이 열려 그 모습을 드러낸다.
적막한 땅이라
만발하는 꽃을 갈망하니
화려한 꽃이 수줍게 피어나고,
희망의 바람이 노래를 부르니
꽃의 얼굴이 기쁨으로 물든다.

할 수 있는 만큼 몸을 펴고 억지로 자신부터 나아가라. 생각지 못한 천운이 곳곳에 도사린다. 방심만 하지 말고 걸으라.

오미쿠지에는 자칫 만사휴의(萬事休矣)가 닥칠 경우를 대비한 운세도 점고(占考)되어 있었다.

그러나 유독 눈에 들어오는 연애란의 강렬한 한방.

'저건 날 놀리는 거야, 아님 걱정하는 거야, 아니면 무시하는 거야…. 헉!'

식은땀이 쭉 솟고 있다. 신체 상태에 심각한 문제가 생겼다. 얼굴과 등, 이내 온몸에 빠직빠직 배어 나온 진땀으로 미역을 감은듯하다. 난데없이 배변 활동이 촉진된 것이다.

안내인은 하얗게 질려버린 내 얼굴을 보더니 물었다.

"혹시 몸이 안 좋으십니까?"

"아, 아닙니다. 괜찮습니다. 하하하! 상당히 덥네요, 더워. 얼굴에 물 좀 묻히고 싶은데 화장실이 어디죠?"

·

쯧쯧쯧. 지금 선선한 가을이야.

·

"계단 밑으로 가시면 안내판이 보일 겁니다."

"하하하. 그렇군요. 근데 이거 땀이 끊이질 않네요. 덥다, 더워. 하하하."

근데 다리는 왜 오므리고 난리.

'이제부터는 괄약근 조절이 관건! 하나 여유 있는 척! 정박자로 걸어야 하느니.'
나는 항문과 하복부의 말 못 할 고통으로 인해, 크게 부릅뜬 눈으로 오이시단을 응시하며 중얼거렸다.
"후유…. 이제 차근차근! 하나 둘…. 야 이 새끼야!!"
"멍멍멍!"
그 순간 갑자기 내게 치근덕대며 엉겨 붙은 또리.
녀석은 엉덩이 쪽으로 돌아가서 항문에 코를 박고 쿵쿵대기를 반복한다.

변 묻은 궁디로 유혹하는 똥개와.

"야 이 똥개 자슥아!"

똥개 사이.

"너, 애먼 짓 하지 마라. 쓸데없이, 개지랄 발광 말라고."
나는 내 허리에 발을 올리려는 또리에게 복화술로 말했다. 이를 보던 주 신부가 오이시단 아래 먼발치에서 소리쳤다.

"지언 형제! 벌써 내려옵니까!?"
"화장실 갑니다! 마저 감상하시고 좀 이따 본궁에서 뵙죠!"
"예. 그럽시다! 부디 그대의 고행길에 주님의 가호가 있기를. 껄껄껄!"
"그만 놀리시죠!"

나는 주 신부를 보고 고함을 질렀다. 그러면서 내 품 안으로 뛰어드는 또리를 무의식적으로 그대로 안아버렸다.

"뿌웅! 뿍! 뿍뿍!"

"껄껄껄! 지리시지는 마시고 꽉 붙잡으시오, 젊은이. 똥개가 비웃습니다!"

또다시 놀려대는 주 신부. 그러나 아쉽게도 반격할 틈도, 여유 부릴 틈도 없다.

마음이 급해진 나는 61개의 오이시단을 한 번에 두 칸씩 뛰어 내려갔다. 막 계단 옆의 신목인, 밑동만 남아버린 거목을 지나서 급히 마이덴까지 다다랐을 때였다.

"흡!!!"

나는 순간적으로 멈칫했다. 내 안의 꿈틀거리는 독립투사들이, 갓 생성된 윤활유를 자기 몸에 묻히는 소리가 들려왔다. 이제 곧 내 은밀한 부위는 그들의 해방을 위한 미끄럼틀 출구가 될 것이다.

또리는 이번에도 내 품 안으로 뛰어들었다.

"뿌웅! 뿍뿍!"

하지만 이겨내야 한다.
'기필코 꽉 조여야 한다!'
나는 속으로 은밀한 부위에 명령했다.
그런데 바로 그 순간.

"도와줘. 어두…워…."

어떤 으스스한 기운이 사쿠라다문에서 불어오고 있다는 착각에 빠졌다. 그것은 익숙한 목소리와 섞이고 뒤엉켜 다가온다.
'또, 이 소리야?'
나는 주변을 둘러보았다. 내 신경은 온통 그 음침하게 다가오는 어둠의 예감에 쏠렸고, 당장에라도 보호 유리를 박살 내고 오이시단을 성큼성큼 내려올 것만 같은, 인상 고약한 두 '즈이신'이 떠올라 머리털이 곤두섰다.
보통은 이러한 경우엔 똥오줌을 지리는 것이 맞을 진데, 덮쳐오는 짙은 그림자를 의식한 나는 또다시 경직되어가는 하찮은 몸뚱이를 느끼는 한편, 얼굴을 빠끔히 내민 개불을 원치 않게 도로 들여보냈다.

"이런 제기랄…. 저기 주주주, 주 신부님!!!"

—3—

나는 다급하게 소리쳤다.
"주 신부님!!!"
"이미 와 있습니다."
어느새 뒤로 다가온 주 신부가 말했다.
우리는 오이시단에 재차 올라서 배전(拜殿)과 폐전을 거쳐, 깊숙이 그리고 천천히 본전의 경내로 들어갔다.
"신부님도 들으셨죠? 이번에도 제 공상입니까?"
"글쎄요…. 일단 가던 길 가보시죠."
아군끼리 논변하고 있을 때가 아니었다. 나는 제신의 위패가 안치되어 있다는 본전에 들어가서 그 주변 자리 회랑에 놓여있는 신여들을 가리켰다.

"아무나 도와줘!"

"신부님. 소리가 한층 더 커지지 않았나요?"
"화장실은 내려가셔야 있습니다, 지언 님."
그때, 안내인의 기척과 차분한 목소리가 뒤에서 차차 가깝게 들려왔다.

그러나 나는 그대로 정면을 응시한 채로 입을 열었다.

"안내인, 당신… 저 소리가 들리지 않습니까?"

"무슨 말씀이시죠?"

"당신들 정말…"

"안내인 양. 저 안에 뭔가가 있는 건가요?"

잠자코 듣고 있던 주 신부가 그녀를 나무라려는 나를 제지하였고, 정면을 향한 시선을 떼지 않으며 차분히 물었다.

"없습니다."

"그럼 숨기고 있는 건 있습니까?"

"없습니다."

"없다고요? 아니, 주 신부님. 저 말이 믿어지세요?"

"진정하세요, 형제님."

어쩐 일로, 언제나 가구 결정에 일도양단으로 단안을 내리던 양반이 되레 나를 진정시켰다.

그러자 그녀가 주 신부의 물음에 마저 답변했다.

"저희는 여러분을 배려하고 존중합니다만, 여러분의 처신이 하등 좋을 게 없다고 사료될 때에… 숨기지 않을까요?"

"배려와 존중이라더니…. 뭐, 좋습니다."

내가 격앙되려는 마음을 억제하며 그녀의 차분한 대응에 반격했다.

"그 주관의 영역에 속하는 원칙, 아주 좋습니다. 절대다수를 선동하는 특권층의 입맛대로, 유리하게 적용되는 원칙. 뻔히 보이네요. 지지자들을 앞세운, 향후 당신들의 향배가."

"부디 양해를 부탁드립니다."

"아니, 여부가 있겠습니까. 게다가 로마에 왔으니까 따르는 게 인지상정. 하긴 뭐든 주관적 가치의 특성이 그러한데, 저희도 그 권력의 향배에 따를 수밖에요, 그저 고분고분."

말하면서 나는 우리를 가로막은 그녀를 무시하고 도로 걸어서 나가버렸다.

얼마 지나지 않아서 나는 뒷산으로 통하는 좁은 나무 문을, 본전 왼편에 마련된 전시관에서 발견했다. 우리는 지체하지 않고 뒷산으로 발을 들여놓았다. 그러자 흥미로운 광경이 눈앞에 펼쳐졌다.

쓰루가오카 입구 정면에는 길 양편으로 벚나무들이 늘어선 '단카츠라 참배길'이 직선으로 길게 나 있는데, 신사 뒷산에도 그와 같은 기교적인 길이 나 있었다. 단지 차이가 있다면, 수많은 도리이가 벚나무 사이사이에 자리하여 일렬로 늘어서 있다는 것과 노인도 산보하기가 용이하게끔 야트막한 구간을 통째로 드러내서 조성한 길이라는 것.

우리는 앞으로 천천히 걸어갔다. 앞선 묘사가 무색하게도 절망의 소리가 여전히 함께하고 있다.

"저기 신부님. 이 목소리…. 어디선가 들어본 적이…."

"……흠…. 글쎄요…."

주 신부가 조금씩 반응을 보이기 시작했다. 그리고 몇 분 뒤에 우리는 동시에 외쳤다.

"미카엘!!!"

"멍! 멍! 멍!"

우리는 서둘러 도리이 길의 너머에서 들려오는 소리를 따라 달음박질하였다.

마지막 도리이를 지날 순간이었다. 웬 목조 건축물이 마치 우리 앞을 가로막듯 바쁜 걸음에 제동을 걸었다.

비교적 최근에 완공한 외양에, 그 뒤쪽으로 갓 형성된, 아직은 벌거숭이 공동묘지….

참으로 이상했다. 본인이 알기로 열도는 시신을 매장하는 유교식이 아닌, 화장한 유골을 사원에 봉안하는 불교식을 따를 진데, 바닥 이곳저곳에 나 있는 저 수두룩한 구덩이들이 웬 말인가.

'이거, 이거…. 응아를 제대로 들여보내는군.'

나는 찝찝하고 더러운 기분에 휩싸여서 인상을 찌푸렸다. 그때 또리가 뼛조각 같은 것을 으적대며 통째로 씹어 먹었다.

"야 인마, 또리!!"

그러나 주 신부가 던져준, 그냥 개껌일 뿐이었다. 주 신부가 나를 툭툭 치며 말했다.

"지언 형제. 정신 차리고 저 출구의 명패를 보세요."

"……잊힌 자의 심연참회당?"

주 신부가 가리키는 곳을 보았을 때야 비로소, 이곳이 무덤가가 아니라는 사실을 알아챘다.

"거기 누구야. 어두워…. 도와줘…."

그 순간 또다시 들려오는, 무척 가까워진 음산한 목소리.
나는 출처를 찾기 위해서 구덩이를 차례차례 내려다보았다. 엄청난 깊이였다. 한순간에 빨아들일 것만 같은 어둡고 엄청난 깊이였다.
"혹시 지언 씨입니까?!"
마침내 열 번째 구덩이 속에서, 우리를 환장하게 만든 침울한 목소리가 들려온다.
"예! 맞습니다!! 미카엘 씨, 괜찮습니까?!"
"오, 주여. 감사합니다. 네! 아직 괜찮습니다."
우리를 되레 위험에 빠트린, 자칭 경찰 조력자라는 장본인이, 취약자인 나를 가쁜 호흡으로 가쁘게 반겼다.
"그럼 미카엘 씨! 조금 더 버티실 수 있겠습니까?"
"예!! 물론입니다!!!"
"금방 다시 오겠습니다!"
우리는 미카엘을 안심시키고서 재빨리 입구의 반대편 출구로 향했다. 그러자 경사면이 타일로 되어있는 좁은 내리막길이 나왔고 길 오른편으론 와시쓰(다다미방) 구조로 되어있는 일본 전통가옥이 보였다.

"형제님! 잠시만!!"

"또리야! 쉿! 쉿!!"

그때 갑자기 한 노파가 무척 느릿느릿한 동작으로 걸어 나오고 있었다. 우리는 얌전히 그녀의 행동을 지켜보았다. 필시 의심의 눈초리로 바라봐야만 하는 상황.

그러나 제아무리 주변 상황에 둔감한 노인인들, 흡사 꾀죄죄한 낭인들 같은 대형 수컷들을 지나칠 수 있으랴.

당연히, 아주 역시나 노파는 자신에게 가까이 오라며 마치 비웃듯이 손짓하고 있었다.

나는 한걸음에 다가가서 현 상황에 필요한 도구를 빌리려 몸짓으로 대화를 시도했다. 그러면서 울타리 너머, 검다 못해 어두운 기운을 머금은 가옥을 힐끗거렸다. 적소에 잘 배치된 분재들로 넘쳐나는 정원은 보기 좋게 이발한 적송과 어우러져 이상하리만치 어두운 기운을 발산하고 있었고, 작은 연못의 검은 금붕어 또한 죄다 어두운 기운에 휘감겨 노닐었으며 아무런 인기척이 느껴지지 않는 마루 역시도 어둠이 드리워져 있었다. 오로지 노파의 작은 행동에서 비롯된 소리만이 그 고요함을 지휘할 뿐이다.

"다른 곳으로 가봅시다, 어서요!"

주 신부는 적극성을 띠며 잽싸게 움직였다.

나는 노파에게 미안함을 전하고서 다른 장소로 이동하려 했다. 그러자 노파가 내 등을 두 번 탁탁 치더니, 예상치 못한 힘으로 사다리를 들고 오는 게 아닌가. 그것은 말년을 맞이한 인간에겐 불필요한 엄청난 괴력이었다.

나는 상념의 불순물인 잡념에 잠기고 말았다.

'예전에도 비슷한 일이 있었지…. 언젠가 할머니께서 구부정한 허리를 곧게 펴신 채로 자랑하셨지. 뛰어난 침술도 침술이지만 믿음의 힘에서 비롯된 기적이라면서…. 뭐… 그런 건가?'

어느새 주 신부가 미카엘을 구덩이 속에서 구해내었다. 군데군데 가벼운 찰과상을 입은 그는 흙으로 더러워진 낡은 담요를 군데군데 찢어진 옷 위에 걸치고 있었다. 구덩이가 잠시나마 거주지였던 그는 밤에는 쌀쌀함을 대비하기 위해서, 낮에는 햇볕과 소나기를 대비하기 위하여 담요를 덮은듯싶다.

아니다. 각 구덩이 옆에는 원형 덮개가 놓여있으니 다른 용도로 이용되지 않았을까?

주 신부가 입을 열었다.

"미카엘 씨. 이왕이면 저희 숙소에 머무시는 게 어떻습니까."

"진심으로 감사드립니다만. 어차피 제 존재가 드러나 버린 상황. 짧은 대화만으로 충분합니다."

미카엘은 주 신부의 제안을 정중히 거절한 후에, 우리가 들어온 입구가 아닌 그 반대쪽 출구로 향했다. 탁월한 선택이었다. 방금 마주했던 노파는 어디로 갔는지 보이질 않았고, 반대 방향에는 까다로운 쓰루가오카 안내인이 어차피 기다리고 있을 테니까.

미카엘이 곧바로 다음 행선지를 거론했다.

"이 길로 내려가면 곧장 '켄조지'로 이어집니다."

'쓰루가오카 하치만궁'과 '켄조지(건장사)'까지는 도보로 대략 15분 정도 걸린다. 하지만 어느 순간 우리는 육중한 세월의 무게로 엄숙함이 느껴지는 불교사원 '켄조지'에 다다르고 있었다.

마치 백설이 애애하듯 광대한 부지에 무성한 초목과 이끼가 그 놀라운 생명력을 곳곳에서 과시하고 있었으나, 켄조지 주변 울창한 나무숲마저 어둠을 머금는다.

'왠지 아까 노인네의 가택과 한 세트 같구먼. 그나저나… 얼른 벗어나야겠어, 얼른!!!'

—4—

이곳은 미카엘에 의해서 강제로 들리게 된, 카레 맛집 텐신안. 그러나 미카엘은 허겁지겁 질긴 소고기를 뜯고 있다.

"어떻게 된 일인지요."

주 신부가 미카엘을 바라보며 물었다.

"저도 잘 모르겠습니다. 눈을 떠보니 구덩이 안이었고 여느 때와 달리 초저녁에 잠들었습니다. 졸지에 몽유병 환자가 됐네요. 쩝쩝쩝."

무척 허기진 미카엘은 꺼벙한 얼굴로 잘도 오물거렸다.

"어서 '심연참회당'에서의 일을 낱낱이 말해 보시죠."

참다못한 주 신부가 미카엘의 정수리에 대고 윽박질렀다. 현 처지를 망각한 그의 모습이 거슬리는 모양이다.

"아하! 거기가 '심연참회당'이라 불리는군요."

"정확히 말하자면 '잊힌 자의 심연참회당'입니다."

나는 주 신부가 한마디를 더 하기 전에 서둘러 정정했다.

"잊힌 자라…. 이제야 감이 잡히는군요."

이내 포크를 내려놓은 미카엘은 어병한 척을 그만두고 무표정으로 돌아왔다. 그가 이어서 말했다.

"저는 구덩이에서 정오를 맞이했습니다. 그나마 햇빛을 정통으로 맞으니 살 것 같았지만, 이내 강렬하게 내리쬐는 햇빛이 거슬리더군요. 참지 못할 고통이었습니다. 때마침 담요가 떨어지기 전까진…."

"근데 미카엘 씨…."

"……?"

"혹, 당시 생각이 이런 식으로 이어지진 않던가요? 문득 신을 떠올리면서, 신과 인간의 절대적 상하관계에 대한 상념을 꺼내 보는…. 뭐 그런 흐름?"

나는 미카엘의 감정을 가로채서 물었다.

미카엘이 맞장구를 치며 반응했다.

"맞습니다, 맞아. 정확합니다. 항상 신의 은혜를 입에 달고 사는 저 같은 인간들은 간절한 순간에 놓일 때마다 주님을 찾다가도 금세 잡념에 빠집니다. 이번에도 그 햇빛을 주의 은총이라 생각하다가도, 원체 햇살이 강렬하니 과하고 불공평한 처사라 원망하였고 곧이어 누군가 던져준 담요를 또다시 주의 은총이라 여기다가 결국 시험에 빠졌습니다."

미카엘은 한 박자를 쉬면서 내 눈에 시선을 고정했다.

"다들 아시다시피, 생사의 기로를 무사히 빠져나온 인간은 무의식적으로 신에게 감사를 표하며 그분의 은총을 입에 담습니다."

"그야 뭐, 위험 전후로 신이 떠오르고 대개가 그렇죠."

"한데 만약 악인이 던져준 담요에 피가 묻어있다면 어떻습니까."

"……"

"혹은 그런 구덩이에서 담요를 발견했다면, 어떤 취지로 받아들여야 할까요?"

.

빌어먹을 신이 나를 시험한다면서
고통 가운데 엿까지 먹인다?

.

"뭐… 시험 나락으로 떨어지셨네요. 그 모든 것이 신의 주관 하에 있다고 하여, 은총으로 봐야 할까? 라는."

"맞습니다. 그 후로 저는 신이 인간에게 미치는 영향력, 그 범주에 대해서 생각했습니다."

"그만."

그때 주 신부가 단호히 가로막았다.

"미카엘 당신은 시험에서 낙제하고 있는 겁니다."

"그렇지 않습니다, 신부님. 구덩이들 주변에서 덮개를 보셨나요?"

"……"

"오늘 내린 새벽비를 그 덮개가 막아주더군요. 그리고 새벽닭이 여덟 번 울리자, 덮개가 열리면서 어떤 아이가 저를 향해 오줌을 누었습니다."

"코쟁이야. 너는 무슨 존재야? 너는 없는 존재겠지?"

"내 아들아. 저 사람은 없는 거나 마찬가지란다. 그러니 우리가 이름을 지어줄까?'

"저는 그제야 무언가를 직간접적으로 체험하고 있음을 느꼈습니다. 과거를 부정당하는 기분…. 저 자신을… 제 자아를 지우려는 느낌…. 결코 시험에서 떨어지는 게, 아직 아닙니다."

—5—

내가 생각하기에, 미카엘이 겪은 사건은 어떤 금과옥조를 범하여 발생한 형배 같은 것이다.

미카엘이 내 눈을 주시하며 말했다.

"분명 지언 씨에게도 과거는 중요할 겁니다."

그의 질문에 나는 거래소(국세청)에서의 화려하였지만 아찔했던 과거를 떠올렸다. 그가 이어서 말했다.

"하지만 얽매일 필요는 없을 듯합니다. 우리를 찾아온 그림자가 원하는 건, 철저하게 미래뿐…. 멀고도 가까운, 가깝고도 먼 미래에 머물면서 회전목마에 불과한 인생사를 떠올린 겁니다. 어떤 회전목마이든, 무엇을 타든 간에 회전하는 정도만이 다를 뿐, 시작과 끝은 엇비슷하다고…."

고정된 말이 되지 마, 미카엘.
고정된 말을 타지 마, 미카엘.

"되지 마라… 미카엘. 타지 말라, 미카엘…. 마치 어제처럼 덮개가 서서히 닫히듯이… 녀석이 줄곧 야생마에 탈 것을 강요했습니다."

"흔히 불자들이 말하는 만류귀종과 유사하군…."

주 신부가 미카엘의 눈을 뚫어져라 쳐다보며 나지막이 내뱉었다.

말을 끝맺은 미카엘은 포크를 내려놓았고 나는 찬란한 과거를 도로 내려놓았다.

미카엘이 말을 이었다.

"여러분. 어제의 이야기를 마저 끝내겠습니다."

"멍! 멍! 멍!"

"쉿! 조용히 해, 조용조용!"

또리가 미카엘 옆에 자리를 잡고 경청할 의지를 보였다.

"저는 언젠가 지금 느끼는 이 기분을 만난 적이 있습니다. 그 '메이나시'란 녀석이 첫 징벌을 내린 후에 말입니다."

미카엘은 심호흡을 짧게 내뱉었다. 그는 평소와 달리, 숨 막힐 정도로 진지한 표정을 이어갔다.

"그러니까 정확히 '제임스 하더 그로우'의 일이 일어난 이튿날이었습니다. 저는 메이나시를 제 가족에게 소개하였고, 집 근처 카페에서 시시콜콜한 담소를 나눴습니다. 때마침 티브이를 통해 웨일스와 요미우리의 응원 소리가 들리는 가운데, 요미우리 구장에서 발생한 관중난입과 유혈사태로 주제는 넘어갑니다. 잠자코 듣고만 있던 메이나시가 입을 뗐습니다. '저는 요미우리를 응원합니다만, 명백히 잘못된 대응입니다. 욕망에 사로잡힌 줄도 모르는 저들은 잘못된 방식으로 욕망을 충족합니다. 아무래도 속박된 삶으로부터 기인한 욕구 분출이 아닌지요…' 그러면서 메이나시는 오묘한 눈의 신비로운 청회색 눈을 그들에게 고정한 채, 나긋나긋한 미소를 지어 보였습니다. '어차피 천공을 방랑하는 비운(飛雲)의 신세들이 아닐지요.'"

「"현재 우리는 어떨까요? 문득 바울로(사울)가 세운 갈라디아 교회의 이야기가 떠오릅니다. AD 50년경의 어느 날, 평화로운 갈라디아 교회에는 야구장의 관중난입처럼 무척이나 지독한 유대주의 교사들이 흘러들었습니다. 그들은 '인류의 진정한 구원'은 율법과 할례의 행함에서 온다고 주장하여 당시 교회들에 혼란을 가져왔습니다. 하지만 그들은 종래의 잘못된 관습을 따르는 일부 사람들처럼 크나큰 오류를 범하고 있었습니다. 어르신도 잘 아실 겁니다. 믿음의 조상, 아브라함은 율법과 할례 안에서 구원받지 않았다는 것을요. 율법은 아브라함의 '후대'인 선지자 모세를 통해 이 땅에 내려진 '신이 주신 법' 혹은 '만백성의 행위에 관한 명령'입니다. 이 규범의 존재는 아브라함 시대에는 존재하지 않았습니다. 또한 179세의 나이로 생을 마감한 아브라함은 단지, '할례' 자체가 아니라 할례라는 '믿음의 행위'를 인정받아 중년기인 99세에 구원을 받은 것입니다. 결국 그 믿음의 행위란, '온전한 믿음'으로 귀결되어 주의 인정을 끌어냈다는 방증이라 할 수 있죠. 하나 유대주의 교사들이 주장하는 구원의 조건은 크게 벗어납니다. 그것은 온전한 믿음인 배보다 행함인 배꼽이 더 큰 상황. 즉 그들은 속박당한 종의 삶을 영위하며 거짓 신앙생활을 유지해온 겁니다. 물론 이해 못 하는 것은 아닙니다. 그들도 분명 구원에 대한 확신이 있었을 테고 세속화와 판이한 삶, 세속성과 구별되는 거룩한 삶에 대한 의지는 존중받아 마땅합니다. 그것은 구원에 대한 순수한 열망이 분명하고 세속에 몸을 담고 있는 우리 또한, 세속주의와 맞물려 거룩한 삶을 살아야 하니까 말입니다. 한데 그들은 진정으로 몰랐던 겁니다. 그 자신들이 구원이란 단어에 트라우마를 입고 있다는 사실을요. 그렇다면 우리는 어떤가요? 과연 우리는, 그들과 동떨어져 있을까요? 항간에는 이런 말이 있습니다. '과거에 갇혀 살면 과거가 후회로 남아 우울해질 것이고 미래에 살면 걱정이 앞서 불안해할 것이며, 현재에 살아 평화로워야 한다.' 우리는 수구적인 태도를 지양하고 반동성을 멀리하며 매 순간 성장하기 위해 노력해야 합니다. 절대적으로 현재에서 말이죠. 절대 과거의 것이 좋다고 하여 지키려고만 하고 썩은 고인 물처럼 머물러선 안 되며, 미래에 맞이할 구원의 노예가 되어서도 안 됩니다. 그리고 더 나아가 우리는, 구주 예수그리스도의 행적을 목표 삼아 변화해야 합니다. 제아무리 축복과 기적이라 할지라도 구원 미래, 과거 영광에 갇혀서 믿음의 행위 중 단지 그 행함에만 초점을 맞추면 안 된다는 말이며 속박당한 종처럼 살아가선 안 된다는 겁니다. 우리는 무수한 언론을 통해 그저 행위에만 속박당한 종을 접하지 않았나요? 비리에 관련된 많은 이들이 어느 특정 집단에선 존경받아 마땅한 직책을 꿰차고 있습니다. 순백색 계통의 정치문화도 하등 다를 것이 없습니다. 더한 비리와 불법이 만연해져 있습니다. 심지어는 신의 은혜와 기적, 축복, 도우심이라는 것들로 포장되기까지 하죠. 그런데 과연 그들이 믿음 생활을 게을리했을까요? 마지막으로 갈라디아 교회를 세운 바울로는 자신의 목회서신에서, 거룩하게 되는 것은 성령으로 되는 것이지 모세의 율법으로 되는 것이 아님을 밝혔고 이어, '복음을 받아들이는 것보다 복음에 따라 생활하는 것이 중요한 것이며 율법을 지키려는 인간의 노력보다는 십자가의 은혜와 성령의 능력이 절실히 요구된다'라 하였습니다. 우리의 구주이자 복음의 주인공인 예수는 명령했습니다. '그러므로 너희 아버지의 온전하심과 같이 너희도 온전하라'라고."」

마침내 미카엘이 우리를 고달프게 하는 독연을 힘겹게 끝냈다. 나는 오그라들다 못해 미카엘의 머리끄덩이를 뜯고 싶었다.
"지금까지 메이나시의 일부였습니다."
미카엘이 말했다.
"신기하게도 이토록 기억이 선명한 걸 보면, 당시 저와 가족은 생각보다도 깊이 빠져 있었군요."
"혹시 메이나시의 관심 분야가…?"
나는 슬쩍 주 신부를 쳐다보고는 어떤 비밀을 공모하듯 미카엘에게 속삭였다.
"메이나시가 그런 유의 이야기를 한 건 그때가 마지막이었습니다. 시간이 지나서야 눈치를 챘지만 그러니까 그게…."
"그러니까 그건…?"
"제 가족에게 신뢰를 쌓기 위한 일종의 수단이었습니다. 결코 짐작할 수 없는 비범한 수단이었죠. 저도 나중에야 알았습니다.

그 후로 한동안 메이나시와 저를 제외한 가족 간에 만남이 꽤 잦았다는 것을요. 그리고… 어느 순간 사도가 그리스도를 따르듯 그들은 메이나시를 따랐습니다. 그래요…. 그들에게 그는 구원자였습니다."

나는 점점 어두워지는 미카엘의 표정을 보며 재차 물었다.

"정말 어떤 특정 분야랑 관련되지 않았다고요?"

"네. 절대로요, 절대!"

미카엘의 불쾌감 섞인 단호한 어조에 나는 잠시 할 말을 잊었다.

"그건 그냥 징벌의 과정… 즉, 2차 징벌이었습니다. 그로부터 오래지 않아서 누나와 어머니는… 어느 모슬렘에게 죽임을 당했습니다. 그런데 슬프진 않았습니다. 지금도 전혀 슬프지 않습니다. 그들은 그럴 운명이었고…. 아…… 아닌가요? 저는 여전히 못 벗어났나 보네요, 그에게…."

미카엘이 갑자기 두 손으로 머리를 감싸며 괴로워했다. 그리고 얼마 뒤에 메이나시의 또 다른 일화가 들려왔고 거침없이 이어가며 과거를 회상하던 미카엘의 목소리가 미세하게 떨린다.

"저는 가족을 잃기 한 시간 전에 메이나시와 커피를 마셨습니다. 우리는 카페 창가에 놓여있는 회전목마 장난감을 쳐다보며 대화를 이어갔어요."

「"미카엘. 우연이란 정말로 이 세상에 없을지도 모르겠어. 우연을 가장한 필연이 있듯이 인연도 물론이거니와, 모든 것은 운명이란 울타리에서 어떠한 형태를 만들어 가는 거 같아. 어찌 보면 뻔해 보이면서 답답한 전개이지 않을까?

 어이, 미카엘. 저 회전목마가 있는 창가를 봐봐. 머리에 터번을 두른 아랍인이 오후 기도인 알 아쓰르를 시작했어, 그것도 후쿠시마 공원 한복판에서. 참 신기한 광경이지 않아? 한 공간에 서로 다른 두 세계가 공존하고 있어. 어느 한쪽은, 외면하려 노력하지만 몰래몰래 힐끗거리고 다른 한쪽은 무한한 세계에 마음을 의지하는 동시에 주변 시선을 무시하며, 서로 보이지 않는 대립을 이어가고 있어. 마치 얼마 전 나의 40일, 13일간의 여행을 다시 만난 느낌이야."

 "얼마 전? 아! 맞다!! 너, 장기간으로 두 차례 여행 갔었지?"

 "그래, 맞아. 나는 마지막 여행지인 가마쿠라에서도 우연히 어느 아랍인을 만났었고 열심히 기도 중인 그에게 물어봤었지. 여기서도 당신은 이슬람 성지를 향해 기도드리는 거냐고. 그러자 그는 웃으면서 당연히 그렇다고, 자신은 아주 정확한 카바(메카의 이슬람교 신전) 방향을 알아봤다고 했어. 어라?! 조금 있으면 갈 시간이다. 미안한데 미카엘. 이제부터 사족은 차치할게."

 "여부가 있겠습니까."

 "여하튼 기도를 마친 그 아랍인은 내게 전도를 시작했어. 그런데 너도 알다시피, 나는 진리를 한낱 인간이 외치는 행위를 매우 즐겁게 여겨. 그래서 그에게 이야기했지. '종교적 진리란 나약한 인간에겐 무척이나 매력 있게 다가옵니다. 그것은 우리를 지탱해주는 거대하고 완벽한 기둥이죠. 그러나 자세히 들여다보면 급히 보수공사를 해야 하는 불완전한 기둥임을 알게 됩니다. 예전부터 저는, 한 개인의 삶은 모두가 다르기에 자신의 처지에서 성장하고 자신만의 철학을 바탕으로 무수한 정보를 흡수 및 재해석한다고 생각했습니다. 그래서 보고 싶은 것만 보고 듣고 싶은 것만 듣는 점은 어찌할 수 없는 본능이라고요. 그리고 이렇게 쌓인 생각들이 모여서 이념이란 것으로 탈바꿈됩니다. 이러한 과정을 거친 이념, 그러니까 이상적으로 여겨지는 생각이나 견해는 각기 다른 법입니다. 이는 어떠한 환경이건, 생존하는 데에 유리한 방향으로 적응하는, 모든 생물 본연의 모습에 충실한 현상입니다. 그래서 서로 다른 환경에서 최우선으로 추구하는 이념도 달라지고 그래서 이성의 이상형이 제각각이며, 사회적으로는 냉전 시대의 대립 같은 크나큰 사건도 일어납니다. 그런데! 이러한 가운데 일평생을 지내는 불안한 존재가, 가당치 않게도 참된 종교적 이치를 논하는가 하면 숱한 이데올로기의 대립 속에서 타인을 재단합니다. 그러함에도 종교적 진리란 것이 참으로 완벽한 기둥일까요? 절대적으로 그렇지 않습니다. 그저 우리 같은 나약한 존재에겐 본능적인 종속을 유도하고 심지어 차등까지 존재하는 장치에 가깝습니다. 아! 그러고 보면 그 기둥의 주된 재료는 완벽할 것일 수도 있겠네요. 그건 바로 그나마 모든 생명에게 평등하게 주어지는 죽음이란 영역. 그렇다면 온 생명이 두려워하는 죽음과 종교적 진리는 과연 어떤 연관이 있을까요? 도대체 왜 복음이나 미문의 이야기에선 부활이 빠지지 않으며, 심지어 고대문명의 종교조차도 '신은 죽음을 이겨내 부활한다'라는 공식에서 벗어날 수 없는 것일까요? 이처럼 저는 '예루살렘 미문'을 기적의 통로라 여기는 당신의 삶을 부정합니다. 더구나 발전된 문명이라는 미명 하에 깊은 자만에 빠져 만물을 굽어보는 저 같은 현대인에게는 메시아의 통로이자 예수의 입성을 함께한 미문이, 그저 정교하기 짝이 없는 황금문으로 보일 뿐이죠. 하나 현재 저는 용기 있는 당신에게 매료된 것도 사실입니다. 당신의 어디에서 오는지 모를 그 용기와 대화한다면 제 속은 틀림없이 시원해질 거라 믿습니다. 그러니 조만간 당신의 고견을 듣고 싶습니다'라고."

"으… 어렵다, 어려워."

"그럼 쉽게 생각해 봐. 인류 역사만 돌이켜봐도 알 수 있어. 실제로 인간은 불가사의한 삶의 흐름 속에 놓여있어. 종교적 진리는 그런 불가항력적 삶의 불확실성을 없앤다는 명분으로, 인간을 고정된 교리로써 속박 재단하는 절대 권력이 되어 버려. 전쟁이나 이단을 발생시켜버려. 그것이 심화하면 적게는 가정에서조차 사람 간의 갈등을 야기하고 더 나아가서는 종교전쟁, 국가전쟁의 불씨가 되어버려."

"뭔가, 점점 이해될 거 같아."

"그런데 미카엘. 그래도 우리는 그대로 살아가는 거야. 우리는 나약하니까. 그것들은 인간의 논리론 설명이 안 되는, 인간 따위가 알 수 없는 역사하심의 범주이니까. 그렇지?"

"메이나시, 너의 말을 들으니 내 가족이 생각난다."

"이제 정말 헤어질 시간이야."

"대체 어디 가려고?"

"그저 문득 궁금해졌어. 나…… 이름 없는 자를 쫓아보려고. 그럼 이만, 안녕히…."」

미카엘의 회상이 끝나고 나는 눈을 감은 채로 있었다.

"메이나시가 카페의 한 벽면을, 떠나면서 가리켰어요. 그곳에는 열 줄 남짓의 문장이 있었는데 바로 '제임스 하더 그로우'라는 이름의 출처였습니다. 그 가짜 이름의 세 단어가 유독 큼직한 글씨로 각 줄에 따로따로 섞여 있었죠. 그러나 내 귓가에는 메이나시의 말만이 맴돌았습니다. 그리고 집에 도착할 때까지 '그래도 우리는 그대로 살아가는 거야, 나약하니까.' 이 구절만을 여러 번 되뇌었습니다. 당시 저는 메이나시의 말을 가족에게 전해야만 했고 그의 의지라 여겼습니다."

"그 잡다한 생각들, 저는 이해합니다. 누구나 철부지 시절에 시간과 에너지를 낭비하죠. 더구나 태곳적부터 진리, 기적 이따위 것들이 교육 수준이 낮은 절박한 삶을 중심으로 통하지 않았나 싶기도 하고…. 악!!!"

"상론할 가치도 없습니다."

갑자기 내 허벅지로 '너의 주둥이 좀 닫아라.'라는 무언의 압박이 들어왔다. 꽤 강렬한 손아귀 힘이다. 아주 꽉 제대로 잡았다.

'저 무식한 늙은이가 힘은 또 더럽게 세요. 왜 이래, 이거!!!'

하지만 나는 눈을 치켜뜨고 주 신부를 노려보는 대신 미카엘을 얌전하게 바라봤다. 어쩌면 이것은 절박한 생존본능에 입각한, 주변 미세한 변화에도 민감히 구는 초식동물의 본능.

주 신부는 내 허벅지에서 손을 떼며 재차 경청할 의지를 드러냈다.

미카엘이 이내 말을 이었다.

"저는 집에 도착했습니다. 누나가 외마디 비명을 지르고 있었습니다. 그 모슬렘이 벽돌로 누나를 치려 했습니다. 어머니의 두개골은 이미 깨져 있었고 뭉개진 머리 옆에는 찢겨있는 코란이 널브러져 있었습니다. 이어서 누나의 머리도 으깨졌습니다. 그저 예정된 운명을 저는 멍하니 바라보고 있었습니다. 그리고 홀연히 나타난 '마르코 신부님'이 모슬렘을 제압했습니다. 저는 맞닥뜨린 어둠을 피하고자 희미한 빛을 향해 천천히 걸어갔습니다."

가까운 과거. A.D 2018년, 칠흑 여름.

나는 CCTV로 지언이가
쓰러진 정황을 확인했다.
　친구는 쪽지의 내용대로
엇나간 그들의 관계를 믿었는가?
　그래서 최 사장에게 복수했는가?
'아무려니 그 심성도 여린 놈이
　패악질을 했을 리가…'
그러나 최병직 사장에게
　앙심을 품었을 가능성은 농후하다.

그러나
　내가 접했던 영상에는……
아무런 목표 없이 뛰다가 쓰러지는…
　마치 몸태질 같은
친구의 몸부림이 담겨있다.

회색 영역

"그날 메이나시의 집에도 시체 두 구가 있었습니다. 그의 부모 역시 징벌의 대상이었죠."

미카엘이 고개를 숙이고 말했다.

나는 재차 물었다.

"그럼 메이나시의 부모도 가짜였겠군요."

"네. 그렇습니다. 게다가 그들은 제 유치원 시절의 원장과 선생이었죠. 후쿠시마대학 부속 유치원 말입니다."

"잘 구성된 각본입니다…."

미카엘의 말을 듣던 주 신부가 침통한 표정을 지어 보였다.

"그럼 이제 마르코 신부에 대해서 말씀해주시죠."

주 신부가 재차 물어왔다.

"문제로 삼으려 하니 문제인 거다. 문제 삼지 않으면 문제가 아닌 거야."

"마르코 신부가 입에 달고 살았던 말이군요."

주 신부는 과거의 어딘가를 둘러보고 눈길이 머물렀는지, 안광이 흐릿해진 눈을 멍하니 뜨며 말했다.

"예. 정작 자신은 그러시질 못했습니다만…."

"그거 인터넷 출처입니다. 흡!!"

괴물 늙은이의 손이 다시 내 허벅지를 덮쳤다. 그래도 분위기는 한층 밝아졌다.

"맞습니다."

미카엘이 내 말에 가볍게 반응해주었다.

"인터넷 출처니까 어디 가서 쓰지 말라고 이미 얘기하셨죠. 참으로 장난기가 많은 분입니다."

"또한 망상에 젖은 낙관주의자라 조롱받을 정도로 긍정적이고요."

주 신부가 미카엘의 말을 호응했다.

"예. 맞습니다. 저는 그토록 밝은 마르코 신부님의 권유로 '바티칸 소속 형사'를 선택했습니다. 그리고 당시 저의 뒤죽박죽된 세계를 그나마 바로 잡아주셨는데요."

미카엘은 본격적으로 '마르코 신부'라는 인물에 대해서 서정적으로 미화하기 시작했다.

나는 일단 고개를 끄덕이며 경청하는척하였다. 왠지 일세의 효웅 같은 주 신부와는 상반된 인물 같아서 흥미롭진 않았고 웬만한 얘기를 듣는 것은 사실 하급 엘리트 시절에 접했던, 먼지 쌓인 곳간(국세청)을 들춰보는 것만큼이나 관심 없기도 했지만, 베일에 싸인 주 신부의 방을 처음으로 들여다볼 기회로 온통 관심이 쏠리는 동시에 '바벨 도안. 잔허의 바빌론'을 둘러싼 기운에 관한 호기심이 떠오른 것도 사실이다.

그러나 마르코 신부와 관련된, 미카엘의 세세한 학창 시절 추억들은 어느새 앞선 궁금증을 지우며 기어이 머릿속을 채워 나간다.

　마르코 신부는 주마연 신부와 이탈리아 유학 시절을 함께했던 인물. 세계적으로 권세가 대단한 가톨릭에서도, 일류의 길을 걸었던 성직자이자 수많은 재능의 소유자로 통했던 자. 그러나 한반도에서 높은 직위와 중요한 직책을 맡고 있음에도 돌연히 고국을 등진 인물.

　한국 가톨릭이 효율적으로 운영되기 위해서 신부들 각각의 재능과 특기를 검토해 본당 사목, 학자 신부, 사회봉사단체신부, 교수 혹은 강연 신부 등으로 적재적소에 배치되는 운영방침마저 본인의 지루함을 달래는 임시방편으로 줄곧 이용했던 마르코 신부. 어느 날 무언가에 흥미를 느꼈는지 뛰어난 재능을 열도로 가져갔고 이를 계기로 일촉즉발로 치닫는 상황을 마주하게 되었다. 바로, 생사의 갈림길에 선 미카엘과 그 가족이다.

　그 후로 마르코 신부는 일본 여러 교구에 머물면서 미카엘에게 친근히 다가갔고 미카엘이 품은 어둠은 마치 아련한 기억 속에서 내가 그랬듯 서서히 옅어져 갔다. 하지만 숨 돌릴 기회는 그리 오래가지 않았다.

　마르코 신부는 사삿일을 한동안 뒤로하면서까지 미카엘에게 인생의 특별한 의미를 심어주려 무던히 노력했지만, 미카엘의 본인과의 사투로 인한 힘겨운 날들이 지속되었고 그럴 때마다 어두웠던 시기가 그의 정신세계에 끊임없이 도래하여 잠식해나갔다.

'얼른 안정기에 접어들어야 한다. 얼른 심신이 정상궤도로 돌아와야 하는 긴박한 상황이다.'

급기야 마르코 신부는 자신의 거처로 미카엘을 데려와서라도 엉망이 돼버린 그의 사고를 바로 잡아야 한다고 생각했다. 그래야지만 일상 리듬이 재형성되어, 그가 안식 가운데 있을 것이라 내다봤다. 다행스럽게 미카엘 역시 독하게 마음먹었다. '메이나시'와 관련된 모든 것을 잊으리라고….

그러던 어느 날이었다. 미카엘은 이른 새벽에 자신의 모교로 마르코 신부를 초대했다. 그러고는 라이터를 한 손에 든 채, 또렷한 눈동자와 목소리로 '정적주의에서 자신을 구제할 답'을 자문했다. 그는 인생에 대한 의지를 상실하고 체념하여 어떤 일에도 무감각해진 상태였다. 교실 바닥은 석유투성이였고 위험을 감지한 마르코 신부는 미카엘을 함부로 말리진 않았다.

온갖 과장된 동작으로 머릿속을 시각화하며 해답을 쫓듯 말을 해나가는 미카엘. 의외로 제정신인 두 사람과, 진동하는 석유 냄새만이 존재하는 교실.

미카엘이 라이터를 천천히, 천천히 높이 쳐들고서 혼잣말해댄다.

"자, 보세요. 지금 이 교실에 있는 모든 건 불타야 해요, 제 기억까지도요. 신부님도 아시죠? 제 학급 친구들이 한꺼번에 사라졌어요. 나는 가장 귀하면서도 더럽고, 가장 비싸면서도 싸구려인 이 기억을 더 이상 신경 쓰고 싶지 않아요."

미카엘은 라이터를 떨어뜨리려 했다. 그러나 마르코 신부는 전직 복서 출신답게 침착하였다. 위급한 상황임에도 미카엘이 탑연히 서 있는 찰나를 놓치지 않고 전광석화처럼 그를 제지하였다.

대자로 나동그라진 미카엘은 그대로 허공을 망연히 바라봤다.

"신부님. 저는 그저 지켜봤습니다. 각자의 삶으로부터 얽매여 온 자들이, 세상에서 어찌 떠나는지를. 어찌 징벌이 내려졌는지를…. 그 대상이었어요, 징벌이 내려졌어요, 징벌!!"

"오히려 '메이나시'란 존재를 아는 것이 그 징벌의 대상이 아니고? 미카엘아. 지지 말거라. 더는 그자에게 밀리면 안 돼!"

"죄송합니다만 신부님, 저는 세상으로부터 강압을 받지 않게 된 그들이 각자의 정해진 운명대로 떠난 것임을 깨달았습니다. 그런데 사실은… 신부님을 보고 있으면 제 머릿속은 더욱 복잡해져요. 신부님! 성서는 그저 특권층일수록 한없이 낮아지길 권면하는 일종의 통제 수단인가요? 원래가 온갖 약육강식에 반하는 사연으로 서민을 교묘히 공략했던 건가요? 서민들이 열광한, 예수와 모세의 서사는 영웅시되어 권세 확장에 이용되는 그딴 건가요? 서민이 특권층이 되는 영웅물에 열광하는 현시대 사람처럼? 왜 상대적으로 소수를 차지하는 높은 자들은 대부분 악으로 둔갑하고, 왜 낮은 자로부터 기적 대다수가 시작되나요? 그저 서민들 대리만족의 전유물일 뿐인가요? 아니면 그마저도 특권층의 계산된 전유물인가요?"

그러자 마르코 신부는 미카엘의 어깨에 손을 얹으며 다정히 답했다.

"미카엘. 문제 삼으려고 하면 문제인 게고 그렇지 않으면 문제가 아닌 게란다. 때로는 단순함에서 오는 평안함이 명답일 것이야. 그러니 진정하고 현재만 보거라. 온 인류 구원의 길을 뚫으신 그리스도의 말씀이 가난한 자들에게만 통한 것은 아니었으며, 여전히 복음 전파의 빛은 작열이 타오르고 있단다. 그리고 다시 한번 현재만 보거라. 이 현재는 어두운 단면도 존재하지만, 지금부터라도 너를 가장 아낄 내가 존재하기도 하며 그러한 건 아무것도 아닐, 밝은 미래도 품고 있단다. 언제든지 세상은 그리 어둡지만은 않아."

"신부님. 제가 이겨낼 길이 있을까요? 신부님이라면 어떡하실 건가요?"

"……"

마르코 신부가 힘겹게 소회를 밝혔다.

"네가 나를 사기꾼이라 여겨도 좋다. 네가 믿는 그 운명의 힘마저 '주의 섭리'라 믿고, 우선은 주의 말씀을 찾아가는 데서 소극적인 태도라도 취했으면 좋겠구나. 고작 고전소설로 대표되는 권선징악의 얘기로만 설명될 역사와 행적이 아니거든."

"흥미 없습니다."

"역시 원점으로 돌아온 듯하지만, 내 직업상 궁여지책에 불과

한, 이따위 순종밖에 나오질 않아 미안하구나."

바로 그 순간에, 그러니까 마르코 신부가 석유 냄새로 찌든 교실에서 서로가 너무 멀게만 느껴진다고 생각한 그 순간에, 그는 라틴어가 적힌 서면을 꺼내 들었다.

"이건 교황청의 직인이 찍힌 추천서란다. 솔직한 심정으로, 네가 바티칸으로 갔으면 좋겠다. 물론 무리한 요구로 들리겠고 잔인하게 들리겠지만, 본디 인간은 갖가지 요소들로 인해 진정한 성장을 이룬단다. 성서를 저술한 성인들의 행적처럼 말이야."

"진정한 성장이요? 저는 이미 이룬 것일 수도 있는걸요…."

"그렇지 않단다. 더는 방황하지 말자, 우리…. 앞으로 채워진 부분에 주목하자 우리."

"그러기엔 새로 채워 나갈 부분밖에 안 보입니다."

"실은 나도 그렇단다. 요즘 들어, 턱없이 부족한 나를 느낀단다. 그 선민의식에 사로잡힌 자를…. 마치 타인의 삶을 자신의 일부인 듯 휘두른 자를 뒤쫓은 후부터 말이야."

"……."

"그런 자에겐 예부터, 진실을 고하고 선을 권하는 것조차 어려움이 있지. 그 끝없는 욕심에서 비롯된 탐욕은 세상을 좀먹을 테고 먹을 게 없어지면 결국 자신까지 먹어 치울 것이야. 여기 무고한 분들처럼 희생양을 제물로 삼아……."

마르코 신부는 치미는 울화를 진정시키려 잠시 말을 끊었다. 그러나 '야욕의 희생 제물'이란 문장이 머릿속을 맴도는 탓에 쉽지만은 않았다.

"미카엘아. 그리되기 전에 막아야 하지 않겠니? 일단 작은 흥미부터 수반된다면, 너와 나부터가 비관에서 낙천을 바라보지 않을까?"

"어차피 느끼지 못할 겁니다."

"아니다. 나는 너의 증언을 통해서 이미, 비로소 그자의 존재를 생생히 그려내고 있단다. 그러니 제발! 세상을 위해서라도 나를 도와주지 않겠니? 분명 너와 나로부터 비관에서 낙천으로 흐를 것이야."

"그럼 네…. 좋아요."

미카엘은 생각했다. 세상, 어떤 진실 따위나 마르코 신부의 공명정대해 보이는 세상에는 관심조차 없을뿐더러, 그의 사견에도 결코 공명하는 게 아니라고.

"저는 그날 다짐했어요. 언제가 될지 모르겠지만, '나는 다시 메이나시와 재회할 것이며 이제부턴 그것이 내 의지력의 근간이야'라고요."

미카엘의 얘기가 끝나고 우리 사이에는 완전한 침묵만이 흘렀고, 내 눈치 없는 발언에 분위기는 한층 더 무거워졌다.

"그 '메이나시'란 자가 거쳐 간 곳에도 광기, 죽음이 난무했군요. 엄청난 불행을 초래하고 다니는 자입니다, 저처럼…."

"흠흠!!"

나는 주 신부가 목을 가다듬는 헛기침 소리를 낸 뒤에야 최면에서 깨어나듯 제정신으로 돌아왔다.

또리는 남은 소고기를 한가로이 몰래 뜯고 있다가, 내가 살짝 궁둥이를 걷어차자 주 신부 뒤쪽으로 피신했다.

"깨갱. 멍! 멍!"

주 신부가 말했다.

"역시 솔직한 마르코 신부답습니다."

"마르코 신부님은 메이나시의 존재를 이미 알고 있었나 보네요?"

내가 미카엘에게 물었다.

"네. 그의 거짓 이름을 몰랐을 뿐, 존재 여부는 오래전부터 알고 계셨습니다."

"그리고 또 하나. 완전, 해괴한 소설 같은 부분!"

"네. 말씀하시죠."

"그깟 말장난에 아랍인이 순조롭게 넘어갔다고요?"

"아랍인이 메이나시에게 넘어간 결정적 계기는 그가 내세웠던 기적이었습니다. 언젠가 메이나시가 말한 적이 있습니다. 그 옛날, 과거에 머문 자일수록 기적에 약한 법이라고요. 당시엔 단지 속임수를 써서 골탕 먹인 것이라 여겼지만, 교황청에서 별별 기상천외한 정보를 접한 뒤로는…. 여전히 모르겠습니다, 뜬구름을 잡는 느낌이랄까요…."

"기상천외한 정보?? 저는 꽤 미친 상황을 거쳐봐서 웬만하면

넘기기로 했습니다만… 혹시 한반도 관련 정보가 있었습니까?"

설마 도안 관련 정보는 아니겠지?

"……말씀드리기엔 아직은 시기상조입니다. 다만 막연한 존재감으로 불안을 안겨준 것이, 유령이 아닌 살아있는 인간이라는 사실만 상기하시면 됩니다."

"우리 분명히 합시다. 그냥 지독한 신앙심을 이용한 수법! 마법이 아닌 추잡한 마술!! 그리고…"

주 신부가 갑자기 끼어들어 의사를 강력히 밝혔다.

"얕은 기만 술책일 뿐입니다."

"예 맞습니다, 기만일 겁니다. 하지만 절묘한 행위였을 겁니다."

미카엘은 곧바로 일부만 동의했다.

"저는 교황청에 소속되면서부터 줄곧 그의 행방을 추적하려 했습니다. 그러나 어떤 이유에서인진 몰라도, 윗선에선 도리어 '검은 책'의 향방을 쫓으라더군요."

"검은 책?!"

홀로 고뇌하던 주 신부가 물었다.

"당시 바티칸에서는 수뇌부 간 파벌 다툼이 일어났다는 소문이 파다했습니다. 그런데 절묘한 타이밍에 '검은 책'을 찾으라는 지령이 내려졌습니다. 그것으로 큰 파문을 불러올 상황은 잠시 일단락됐지만, 상부에서 직접 메이나시 추적에 나섰고 마르코 신부님을 필두로 가속화되었습니다. 혹시 렌 하루코 씨 숙소에서 그와 비슷한 책이라도 본 적 있습니까?"

"온통 검은 표지에 제목 없는 책이라면, 그녀의 서재에 소중하게 보관되어 있더군요."

"역시 그랬군요."

우리는 다시금 조용해졌다.

지금은 렌 하루코 상을 주된 적으로 간주하는 분위기. 그녀와 가까워졌다가 멀어지는 나로선 기분이 썩 유쾌하진 않다. 비록 내가 거친 파도에 휩싸여 쓸려온 사실은 부인할 순 없으나, 그녀가 만약 나와 같은 입장이라면?

나는 더 이상 듣고 싶지 않았다. 그럴수록 그들의 진중한 태도가 눈에 들어오고 주 신부의 육중한 목소리마저 뇌리에 꽂히기에 아예 귀를 막고 싶었다.

주 신부가 미카엘에게 물었다.

"형제님은 책 내용을 보신 적이 있습니까?"

"본적 없습니다. 책을 발견하는 즉시, 출처를 파악하고 불태우라는 지시가 있었습니다."

미카엘은 아주 은밀히 답변했다.

"전 세계에 이미 급속도로 퍼지고 있는 상태입니다. 저는 직접 내용을 확인하지 않고도 어떤 이와 연관이 있는지 바로 짐작했습니다."

"현재 교황국의 표적이 된, 메이나시… 겠죠?"

"뭐 이리 판이 커지는 거야?! 쳇!"

이번에는 내가 끼어들었다. 그런 건 이제 아무래도 좋았다. 나는 쉬이 렌 하루코를 구할 수 있도록 어떠한 희생을 감내할지를 떠올려야만 하니까.

미카엘이 주 신부에서 나로 시선을 옮겼다.

"그간 조사하면서 동아시아에는 가마쿠라를 중심으로, 북미는 올랜도를 중심으로 퍼졌다는 걸 알았을 때쯤, 미국 동부에서 신부님에게 전화 한 통이 왔습니다. 검은 책과 연관이 있는 에노시마 집사(렌 하루코)와 올랜도의 'Tom Thumb'가 유착관계에 있다는 메시지였습니다."

"Tom Thumb?"

"예. 올랜도의 '신생 세력 리더'입니다. '아기 집사'라고도 불리죠. 그자를 포함한 세력과 배후에 대한 내막은 아직 캐내지 못했습니다. 다만 최근에 조직적으로 은밀히 활동한 흔적이 올랜도에서 포착되었고 그 첫 희생양은…"

미카엘이 다시 주 신부로 시선을 옮겼다. 그러자 주 신부가 답했다.

"마르코 신부의 소식은 알고 있었습니다. 저와 교황청은 그의 단독활동을 만류했었습니다…"

"그런데도 신부님은 어떠한 확신에 의해 움직이셨습니다. 생전에 저의 과거와 임무를 여러분과 나누라는 의지를 보이셨습니다, 마지막 통화에서도…."

"우선 시기들이 맞아떨어지는군요. 한반도의 불온한 움직임들, 법황청의 소속 경찰 파견, 결국 외지에서의 만남 성사. 그것도… 공통점은 에노시마의 세력을 예의주시."

"저는 상당히 거슬립니다. 이 근래 흐름과 메이나시의 40일, 13일간의 여행들이…. 아무래도 메이나시라면 그동안 쫓고 증명하고 다가가고…… 충분히 즐겼을 겁니다."

"내재화된 타자성의 발로…. 무척이나 심약한 사내로구나."

"예?! 뭐라 하셨습니까, 신부님."

"실례지만 정확한 당신의 소속을 알고 싶군요."

"JOHN THE APOSTLE 소속."

"사도 요한 소속? 난생처음 들어보는군요."

이어서 주 신부는 몸을 젖힌 다음, 허탈한 듯 한숨을 내쉬었다.

"허허…. 기인취물을 서슴지 않는 자가 감정 갈취까지 하여, 저리 지리멸렬로 만들다니…"

"으라차차! 이제 일어나시죠!!!"

나는 풀떡거리는 물고기처럼 일어나서 또박또박 천천히 말했다.

"정말 뛰어난 자는 대놓고 증명하려 한다거나 무수히 반박하며 설득하진 않죠. 제 눈에는 비천해 보입니다. 힘을 과시하는 과정에서 상대적 빈곤에서 오는 현실 콤플렉스가 보이니까….

그런데 또 공허하지는 않단 말이죠. 남을 헐뜯어야 사는 부류도 아니고 오직 타인 스스로가 늪으로 향하는 것을 멀찍이, 마냥 관망합니다. 불완전한 존재라서 친근한 '그리스 신들'과는 다르게 가까이 다가가기 힘든 '유일신'의 엄위한 면을 접한 느낌이랄까…"

나는 주 신부와 미카엘을 번갈아 보며 물었다.

"주 신부님 그리고 미카엘 씨. 우리는 무얼 쫓고 있는 겁니까? 이 회색의 영역에서…"

재즈바에서 홀로

주 신부가 나와 미카엘을 번갈아 보며 확답을 얻으러 말했다.

"이지언 형제님? 그리고 미카엘 아가치 씨. 우리 분명히 해두죠. 우리는 한낱 인간을 은빛 영역에서 쫓고 있다는 것을."

"글쎄요. 제가 감히 첨언하자면…."

미카엘이 자리에서 일어났다.

"그 빛에는 항상 그림자가 따라옵니다. 빛이 강할수록 짙은 그림자가 드리웁니다. 교황청도 예외일 순 없다는 말입니다. 마르코 신부님도 주변을 멀리하셨습니다. 어찌 생각하시는지요, 주 신부님."

"지금 독자적으로 행동하신다는 말씀인가요?"

잠시 눈을 감은 주 신부로부터 오싹함이 느껴졌다. 예전부터 교황청 부심이 강해 보였던 주 신부였다.

"아닙니다. 지금부터 독자적으로 행동하자는 제안입니다."

"신부님. 애초에 우리는 독자적 활동 아니었습니까?"

나는 미카엘의 말을 거들며 초지를 관철해보려 하였다. 그러자 주 신부가 거들먹대듯이 반응한다.

"예. 어차피 그러했으니 구덩이 다시 가 봅시다, 독자적으로."

"뭐, 뭐라고요? 구덩이를요!?"

나는 훌쩍이다시피 거의 애원했다.

"거길 또 가자고요? 미카엘 씨가 죽을 뻔한 장소를?? 안 됩니다, 안돼!!"

"뭘 그리 어깃장을 놓습니까. 허여멀건 젊은이치고는 용기 한 번 가상하더구먼. 껄껄껄!"

'이 악랄한 늙은이가 노망이 들었나…. 크헉! 이런 DAMN IT!'

그렇다. 또다시 배가 사르르 거리면서 검은 개불이 움직이기 시작했다.

주 신부가 말했다.

"그리고 한 가지 분명히 해두겠는데, 본인은 망나니에 가까운 성직자입니다. 저 역시 교황국 돌아가는 상황에 무지할뿐더러 아무런 통보 없이 제멋대로 움직이는 중입니다만, 필시 환란 중에도 주의 은총과 축복이 거할 것이라 믿는, 결국 주님 안에서는 무의미한 시간이 없다고 자부하는 고루한 꼴통보수이기도 합니다."

―2―

'왼쪽으로 휙! 오른쪽으로 휙! 우리 뒤로 휙! 휙!'

우리는 켄조지 입구를 지나서 '심연참회당'으로 이어지는 계단을 걸어가며, 온 신경을 주변에 기울였다. 주목표는 사다리를 빌려준 노파를 찾아 대면하는 것. 이미 악랄한 행위를 접해봤고 들어봤기에 더는 예의를 차리느라 시간을 허비할 순 없었다.

그때였다. 갑자기 무척 싸한 느낌이 주변으로 엄습하며 어떤 무언의 움직임이 느껴졌다.

'누구지? 아까 그 노파인가?'

나는 몸을 잔뜩 옹송그리며 궁상맞게 고개를 천천히 돌렸다. 그러자 내 곁눈질에 느릿느릿한 인간 형상이 포착되었다. 맞았다. 바로 우리가 찾던 노파였다. 그녀는 무단 주거침입죄 성립이 되기 직전인 상황에도 아무런 불평을 늘어놓지 않았고 그저 묵묵히 빗자루를 챙겨서 구덩이로 다시 향하고 있다. 소름이 순간적으로 오스스 돋았다.

적어도 똑같은 말을 뇌까리는 치매 노인이 아니었다. 그런데도 그녀로부터 전해지는 분위기는 우리가 넘어서야 할 벽으로 느껴졌다.

'혹시 섬뜩하게 웃고 있는 거 아냐, 지금?'

나는 이제야 스스로가 무엇을 해야 하는지, 무엇이 되어야 하는지를 깨달았다.

'그래. 나는 퇴마사야! 과거를 돌이켜보면 알 수 있어. 아마 놀랄만한 힘이 내재해 있을 거야!'

그런 것이다. 아주 강력한 엑소시스트가 되어야만 하는 것이다. 현재 마주한 현실 대비, 신빙성이 높은 추측이자 현실성 짙은 소원이지 않은가. 심지어 방금 번갯불이 번쩍! 우렛소리가 쿵쿵 들리는가 싶더니, 중중첩첩 내려앉은 우풍자우(友風子雨)에서 세찬 빗발에 이어 뇌편이 내리치기 시작했다.

'정녕 나는 날씨까지 부리는 초인이란 말인가?'

·

이런 미친 인간.

·

'어디, 저 노파를 기둥에 묶어 두고 윽박질러볼까나?'

·

이런 벼락 맞을 인간.

·

아니다. 부정한다. 나는 제대로 현실을 파악하며 공과 사를 확실히 구분 짓고 있다.

·

그럼 네 개불이나 신경 써!

·

그래. 이 꿈틀거리는 개불…. 소위 개미친 인내력으로 더욱 조이는 수밖에.

·

핫! 둘!! 흡!!

"실례합니다, 어르신! 잘 안 들리시나요?"

미카엘이 노파에게 다가가는 소리가 들려왔다. 노파는 바닥을 쓸고 있고 미카엘은 본인의 귀를 가리키며 수화를 시도하려 했다.

"실례합니다, 어르신! 최근에 금발 중년을 보신 적이 있으신가요? 눈은 청회색입니다."

그러자 드디어 노파의 움직임이 멈추는듯하더니 한 박자 뒤에 재차 바닥을 쓸기 시작했다. 빈틈 발견이다. 주야장천 바닥만 쓸고 있을 기세를 보아하니, 지레 겁부터 집어먹은 게 분명하다.

그리고 때마침 내 뒤에서 낙엽이 바스락대는 소리도 들려왔다. 노파의 집을 탐문 수색한 주 신부가 뒤늦게 합류한 것이다.

"크윽!!!"

더구나 좋은 타이밍에 개불도 독립선언을 시작하였다. 하지만 오래도록 응가를 참느라 온기를 잃어버린, 덜덜덜 떨리는 신체.

'아직 안 돼, 이지언! 너는 기품 있는 자태를 유지하는 주인공이야!!'

"저기 주 신부님?! 잠시만 볼일 보고……!?"

그런데 이 숨소리는 대체 무엇인가. 내 뒷골을 갑자기 빳빳이 굳게 만든 이 살기는 대체 무엇인가. 분명 주 신부는 나보다 높은 위치에서 숨을 쉬고 있을 터인데, 바로 내 목뒤에서 낯설고 가쁘게 호흡하고 있다.

'낯선데 익숙한 호흡이 느껴지고 있다.'

．

개불들이여, 어여들 독립선언문을 찢거라!

．

'결국 나… 뒤돌아봐야 하네. 돌아본다, 돌아본다, 돌아본다,

아니 못 돌아본다, 절대 못 돌아본다, 때려죽여도 못 돌아본다. 그럼 눈알이라도 최대한 뒤로, 더 뒤로, 더욱더 뒤로뒤로….'

"다들 여기 계셨군요."

순간적으로 내 귀를 멀게 한 오싹한 정적이 들려오고 밀려오고 감돌았다.

괴괴함에 잠긴 산속, 바닥은 이미 진창투성이에 어둠으로 첩첩이 싸인 주변 적막이 처참하게 들려오는 새로, 일순 섬전(閃電)이 어슴푸레 일면서 벼락불 같은 불꽃이 섬섬(閃閃)한다.

'제기랄. 뭐야 이거…. 다시 개불이 들어갔잖아!!'

나는 뒤돌아보려고 필사적으로 시도했지만, 소용이 없었다. 심지어 만약 미카엘이 저대로 구덩이에 갇힌다면, 내일쯤에는 구덩이 일부가 되어서 머지않아 흙으로 되돌아갈 것이다. 절망적인 광경이었다. 실제로 소낙비로 인한 토사가, 구덩이에서 옴짝달싹 못하는 그의 얼굴로 쓸려 내려가고 있다.

그렇다. 미카엘은 돌연 날아든 총알에 오른 가슴을 관통당한 뒤에, 그대로 흙탕 범벅이 된 구덩이 안으로 떨어진 것이다.

"제가 켄조지를 안내해드릴 테니, 앞서가시죠."

안내인의 오싹한 말본새가 등 뒤에서 들려왔다.

나는 이리 완악(頑愕)한 상태에서도 온 힘을 다해 뒤돌아보았다. 어느새 다가왔던 안내인이, 왼손에 들린 총으로는 우리를, 오른손에 들린 총으론 구덩이를 겨냥하고 있었다. 그러자 또리가 쉴 새 없이 그녀를 향해 으르렁거린다.

그녀는 우리를 겨눈 총구만을 내리며 말했다.

"조용히 시켜주시고 얌전히 따라주시지요. 켄조지는 가마쿠라 제5대 선종 중, 제1사찰입니다."

나는 흥분한 채로 어찌해야 할지를 계속 고민하였지만 더는 방도가 없었다. 피로감이 몰려왔다. 게다가 그간 겪었던 과정과 위험도 면에서 비교 불가인 상황이기에 심장이 너무 거칠게 뛰었다.

'어쩌지? 사방이 온통 쟤들 나와바리일 텐데 어쩌지? 일단 기습을 시도해볼까? 먼저 굴러 접근한 다음에 테이크다운 어떨까요? 어이, 고등생명체. 어찌하리오.'

나는 주 신부에게 눈으로 힐끗 신호를 보냈다. 그러나 그는 안내인의 질문에 단호히 답변했다.

"잘 알겠습니다. 당장 앞장서드리죠, 가서 경건한 척이라도 해드리다. 또리야 이리 오려무나."

의외의 대답이었다.

실은 성직자란 직업도 생명이 위태로운 순간엔 두려움과 공포 앞에 노출되어 취약한 것일까?

우리는 매우 얌전히 노파의 집을 지나서 내리막길을 내려갔고 안내인은 상체를 꼿꼿이 세우고서 시선을 내리깐 채 뒤따랐다.

곧이어 뒤쪽, '잊힌 자의 심연창회당'에서 고막을 찌를듯한 날카로운 고함 소리가 들려온다.

"메이나시이!!!"

나는 산림이 떠나갈 것 같은 절규에 두 눈을 질끈 감아버렸다. 삽시간 나의 온 심신을 마비시킨 고성에, 인간들의 내왕이 잦은 켄조지를 포함한 가마쿠라 전 권역조차 지옥으로 느껴졌다.

 그리고 칙령을 받고 떠나온 미카엘 아가치는 결국 가마쿠라에서 비참하게 암살당한다….

—3—

 "켄조지는 일본 최초의 선종 사찰입니다. 1253년 가마쿠라막부 5대 집권자 호죠 토키요리가 자신을 귀의케 한 중국 송나라의 선승 난계도륭의 도움을 받아 창건했습니다. 선불교에 심취한 권력자가 불승을 초빙해 그를 후원해준 것이지요."

 "이봐요, 안내인! 우리 다시 가봅시다. 이제 기력이 다했을 겁니다. 아니! 다시 가봐도 되지 않습니까!!"

 "형제님. 진정하세요."

 주 신부가 파르르 떨고 있는 내 등을 토닥이며 말했다.

 "진정은 무슨 진정이요. 건들지 마시죠, 이거."

 "……일단 참으셔야 합니다."

 "저리, 살려달라고 애원하는데요?"

 "그냥 참으세요."

 주 신부는 자기 손을 뿌리치려는 나의 몸부림을 강한 아귀힘으로 꽉 붙들어 제압하였고 안내인은 그 기세에도 압기(壓氣)되지 않고 설명을 이어 나갔다.

켄조지의 첫 관문인 소몬을 통과하면 짧은 벚나무 길을 지나서, 동판을 얹은 '삼해탈문' 산몬(삼문)을 만날 수 있다. 분명 일체의 집착으로부터 해방된다는 의미를 지녔건만, 외려 악독한 집착에 찌들어서 살인미수를 저지른 안내인이 오히려 '켄조지 사원은 순리를 벗어난 집착에서 온 것'이라며 산몬을 '집착문'이라 바꿔 명명한다.

"이 건물이 바로 1775년 건립된 집착문입니다. 2005년에 중요 문화재로 지정되었으며 관동대지진 때 붕괴하여 재건하였습니다. 최근 상층부는 안치되어 있던 불상들을 치우고 개방하였습니다. 올라가시겠습니까?"

"아닙니다. 됐습니다."

주 신부가 냉담한 어조로 단칼에 거절하였다.

그러나 그녀도 역시 냉담하였다. 곧바로 냉담한 태도로 켄조지는 그 옛적 '지옥계곡'(죄인을 처형하던 장소)이라 불린 장소에 세워졌다며 잘도 떠들어댄다.

그래서 나도 차가운 눈초리로 무미건조하게 물었다.

"아. 그래서 총살을 시도한 겁니까?"

"아이가 보고 있습니다."

안내인은 산몬 상층부를 가리켰다. 어린 소녀가 얼굴을 내민 채로 우리를 향해 연신 힐끗거렸다.

안내인이 어린 소녀를 타일렀다.

"오늘은 쉬는 날입니다. 얼른 집에 돌아가세요. 부모님이 걱정하십니다."

"아주 기가 찰 노릇이군요. 방금 총기를 장난감 다루듯 하더니만."

나는 안내인을 비꼬면서도 어린 소녀에게 옅은 미소를 지어 보였다. 그러나 별 반응을 보이지 않았고 그 소녀 역시 냉담한 태도를 보이며 대략 50미터 떨어진 건축물을 가리켰다. 그러자 안내인이 곧장 설명을 이었다.

"저곳은 중요문화재로 지정된 부츠덴(불전)입니다. 도쿄 시바에 있던 도쿠가와 2대 장군 히데타다 부인의 사당을 1947년에 켄조지로 이축했습니다. 내부에는 무로마치 시대에 건축한 본존, 지장보살상이 있으며 지금은 완벽 개방되어 별 의미 없는 장소로 쓰이고 있습니다. 그럼 따라오시죠."

우리는 삼문을 지나서 직선 길로 들어섰다. 국보로 지정된, 수령 760년의 향나무 고목 세 그루와 만개한 나팔꽃 형상인 청동 분수대가 눈길을 끌었다.

"저 고목은 켄조지의 1대 주지이자 개산조, 란케이 도류가 심은 겁니다. 현재는 학부모와 환경미화원들이 수시로 가꾸고 드나드는 화원으로 이용되지요."

그 뒤로 우리는 그 감시자들로 인해 줄곧 심리적 압박감에 시달렸다. 그들은 우리에게 불안, 공포, 갈등 등 내적인 움직임을 계속 유발하면서 그 자신들이 '켄조지 사원과 하나가 된 몸통'처럼 움직인다는 사실을 마치 공표하듯 행동했다. 왠지 안내인을 포함한 그들은 형식지로 습득한 객관적 지식보다, 누군가가 체화한 암묵지와 그 안에서 자신이 체득한 암묵지를 굳게 신봉하며 움직이는 것 같았다.

그런고로 나는 여러 군데서 구린내를 맡아 이빨을 드러내기 일쑤였던 또리를 말려야만 했다. 그런데 오늘따라 주 신부만이 얌전하지 않은가….

나는 은연중에 내적 갈등을 외부로 투사시키지 않으려 무던히 노력하면서, 의구심과 부정적인 해석에 휩싸였다.

'대체 저리 고분고분 순응하는 이유가 무엇일까. 단지, 미카엘을 구하기엔 이미 늦었다고 판단돼서?'

분명한 사실은 우리가 사원에서 나와서 하세 역에 도착할 때까지, 나와 주 신부의 대화가 단절되었다는 것과 그와 반대로 안내인은 켄조지에 있는 내내 주둥이를 끊임없이 놀렸다는 것이다.

"불전은 영묘 건물이라서 지붕과 천장이 선종 건물과는 다른, 독특한 특징을 지녔습니다."

"여기는 과거엔 수도승들이 설법을 듣던 법당. 가마쿠라 시대의 최대 목조건축물로 2005년에 중요문화재로 지정되었습니다. 현재는 '아이들의 공부방'처럼 쓰입니다. 기존에는 '수행 중인 석

가모니의 모습'이 정중앙에, 파키스탄에서 선물한 불상이 그 뒤편으로 있었지만, 공간 활용을 위해 최근에 옮겨졌습니다."

"저기 금색으로 된 문이 보이시나요? 관동대지진 이후, 복구작업을 거친 '당문'이라 합니다. 교토에서 켄초지로 옮겨진 문으로, 1647년에 기부됐습니다. 예전과 달리 자유롭게 드나들 수 있으며, 호조로 불리는 '용왕전'으로 이어집니다."

"바로 이곳이 주지들이 머물던 장소, 용왕전입니다. 한때는 법요, 좌선(참선)의 장소로 사용되었고 현재는 일부 개조하여 교무실과 손님맞이 객실로 운영되고 있습니다. 얼마 전에는 이곳에서 특별강연도 열렸습니다."

그야말로 쉴 틈 없이 떠들어댔다.

그뿐만이 아니라, 우리는 커다란 대나무 숲을 지나서, 울창한 숲을 지나서, 수많은 계단을 올라서, 산 정상에 설치된 전망대까지 올랐다. 신통하게도 날씨가 활짝 개면서, 내 시선이 제대로가 닿지 않을 만큼 멀찌가니 떨어진 후지산을 감상하였고 뭔가 꺼림칙한 기운을 연이어 전해 받았다.

정말 의아한 그 느낌은 산책로를 오르는 중에 만나게 되는 시자(侍者)'가라스텐구', 12개 청동상으로부터 시작되었다. 까마귀 부리와 검은 날개가 달린 모습에, 게다(나막신)를 신은 야마부시(やまぶし,山伏)복장으로 전국 심산유곡을 날아다니면서 자유자재로 영검을 부리고 영험을 내리는 그 전설 속 생물은 한소보(켄조지를 수호하는 사당)의 경사진 부지에 여러 비석과 바위틈

에 껴서 나름 비장한 표정으로 무게를 잡고 있었는데 그중 두 텐구들, 정확히는 가장 높은 곳에 있는 다이텐구와 바로 밑쪽에 자리한 가라스텐구(다이텐구의 수하)의 얼굴이 소름 끼치도록 나와 렌 하루코를 각각 닮은 것 같았다. 또한 열두 텐구들에게 수호받듯이 그 위쪽에 자리 잡은 한소보 건물은 불교와 산악신앙이 합쳐진 형태의 본산임에도 참배객 하나 들리질 않았고 마치 아무도 거주하지 않는 동굴처럼 내부의 어둠만이 도드라졌다.

나는 주체할 수 없는 호기심에 휩싸였다. 또다시 발동된 악습에 의해, 가장 어두운 내부를 떠올렸다. 가장 어두운 방구석, 벌룽거리는 촉영 뒤를 떠올렸다. 그리고 붉은 연꽃 위에 결가부좌를 틀고 앉은 그림자를 떠올리고 말았다.

'한소보 다이곤겐……. 그래… 붉은 눈, 너….'

다행히 생각보다는 빨리 내 머릿속에서 사라졌지만, 그래도 그에 따른 음침한 생각은 그치지 않고 연거푸 가까워졌다.

'근데 승려들은 대체 어디 간 거지?'

평시엔 켄조지 쇼인(書院, 서원)에서 불경 공부에 매진하고 있어야 했다. 그러고 보면 켄조지는 아이들이나 노인이 대부분이었고, 간혹 노인과 학생들이 쇼인에 들려서 학부모와 함께 어떤 경전을 읽으며 공부한다고 들었다. 또한 한소보의 하이킹 코스에 드문드문 설치된 놀이시설을 보면서도 어찌할 바를 몰라 혼란스러웠다. 상태가 양호한 시소들이 있는 등, 대규모 어린이집이 따로 없었다.

'……그런데 정녕 그럴 뿐일까?'

―4―

현재 나는 장쾌한 일몰을 등지고 홀로 하세 역으로, 그리고 익숙한 재즈바로 향하고 있다. 가마쿠라에서 처음 렌 하루코를 마주한 장소였다.

이제부터 나는 이른 저녁부터 갓밝이까지 재즈가 내내 이어지는 공간에서 지친 마음을 달래려 한다. 따라서 내 현실에 관한, 아니 내 꿈에 관한 상세한 정보는 이만 줄이도록 하겠다.

이곳도 역시 시간은 흘러간다…. 다만 나릿나릿, 째깍째깍. 느릿느릿, 째깍째깍.

곧이어 이 '꿈에 빠진 시선'에 익숙한 뒷모습이 들어온다. 느릿느릿, 째깍째깍….

가까운 과거. A.D 2019년, 우수(雨水)

"오랜만에 본다, 지언아."

 나는 우정에 금이 가지 않도록
조심스러운 태도를 고수하며
 친구에게 우호적인 입장을 보이지만,
고민을 한가득 안고 있었다.
 '한 과장의 메모지를
보일 것인가, 말 것인가.
 너를 의심하고 있다고
말을 할 것인가, 말 것인가.
 너의 정신 감정을
의뢰할 것인가, 말 것인가.
 너를 용의선상에 둘 것인가,
말 것인가….
 과연 네가 뒤늦게라도
협조적으로 나와 줄 수 있을까?'
 그러자 지언이가 지체 없이 물어왔다.
"왜? 무슨 고민 있어?"
 나는 지친 투로 답해버렸다.
"지언아. 너는 날 믿니?"

무소불위, 무소불능. 째깍째깍

재즈바 테이블. 나란히 앉은 두 젊은 남녀. 느릿느릿 시간이 가는 소리가 들린다. 째깍째깍

이윽고 재즈의 음이 우리 귀를 지나서 연이어 퍼지더니 주변을 회전하기 시작한다.

시간이 가고 있다. 느릿느릿, 째깍째깍.

렌 하루코는 착의한 가죽 재킷을 탈의하여 의자에 걸쳐놓았다. 그녀가 말한다.

"残念な選択…。お気の毒。しかし戻ってくるだろう。"

"무슨 말입니까."

"안타까운 선택… 그러나 돌아올 것이다…. 미카엘 씨는 정해진 소임을 다하고 떠났습니다."

"역시 알고 있었군요."

"네…."

"어디로 떠났습니까?"

"심연의 끝."

"심연의 끝?"

"네. 구시대의 심연… 심연의 끝…. 일부를 인정하였지만. 진실을 외면하였습니다."

"이해를 못 하겠습니다."

"때가 되면 깨닫게 될 거예요."

"대체 심연이란 무엇인가요."

"죽음을 이겨낼 수 있는 진실."

나릿나릿, 재즈의 음이 격렬해진다.

내가 묻는다.

"렌 하루코, 당신은 어떤 과거에 사로잡힌 선한 사람인가요?"

"지언 씨야말로 어느 행복한 과거에 머물러 있지 않나요? 아니, '아직은'이라고 해야 하나."

"어떻게 아셨죠?"

"아름다움을 접할 때마다, 누군가를 연모하여 부르는 지언 씨의 눈빛."

느릿느릿, 재즈의 음이 잠잠해진다. 내 눈은 영사기가 되어 그 누군가의 장면을 목전에 투사시킨다.

내가 말한다.

"그저 과거에 머무른다기보다, 깨어나지 않는 꿈에 시달린다고 해두죠."

"깨어나지 않는 꿈?"

"예. 저의 '이 지긋지긋한 현실'이란 꿈. 즉, 이 연속성을 지닌 악몽의 연쇄."

"그럼 그건… 단지 악몽의 연장선에 있을 뿐?"

어느새 재즈의 음이 멈추고 LP판이 돌아가는 소리가 들린다.

다시금 시간이 가는 소리가 들린다. 느릿느릿, 째깍째깍.

내가 말한다.

"글쎄요…. 하지만 어느샌가 잠시라도 깨고 말았죠, 악몽에서 신기루를 보는 순간에…."

"사랑의 신기루군요."

아름다운 재즈의 선율이 다시 흐르고 우리는 서로에게 거듭 빠진다. 내가 이어서 말한다.

"그래요. 한때는 그렇게 질곡에서 벗어나, 깜빡 잠이 들었어요."

"우리는 서로 다른 의미의 꿈을 꾸고 있네요."

—2—

이번엔 렌 하루코가 먼저 입을 열었다.

"저도 꿈을 꾸고 있어요. 좋은 의미로 깨어나지 않는 꿈을요."

"실례가 되지 않는다면 당신의 과거를 알 수 있을까요?"

재즈의 선율이 시간과 함께 흘러가고 있다. 느릿느릿, 째각째각.

그녀가 말했다.

"오로지 꿈을 꾸는 것만이, 내게 행복을 안겨주던 시절. 저는 또 다른 몽환에 사로잡혔어요."

"이리 해맑은 당신에게도 힘든 시절이 있었던가요? 에이, 못 믿겠어요."

"농담이 심하십니다."

생긋 웃어넘긴 렌 하루코는 말을 이었다.

"어릴 적에 숱한 놀림에 시달려야 했어요…. 제 말을 선입견 없이 들어줄 존재는 동물이 유일할 정도였으니까."

갑자기 그녀가 창문을 바라봤다. 그러자 창밖의 풍경에 매 한 마리가 등장하더니, 금세 기하급수적으로 늘어났다.

"그러던 어느 날이었어요. 저는 몽환의 존재를 만나게 되었어요. 세상사의 강박에서 초속(超俗)을 끌어내는… 언제나 저를 편견 없이 대해줄 그런 존재를…."

"그저 부럽습니다. 동물이 소통해주고 몽환적 존재와도 교감하시고, 게다가 이제 마을에서도…."

"대우가 달라졌습니다, 아직 귀빈 대우이지만…. 정말 환상 같은 이야기이죠?"

"정말로 몽환에 사로잡히셨군요."

"맞아요. 저는 그 순간부터 '깨어나지 않는 길몽'을 꾸고 있어요. 어쩌면 '깨어나지 않는 악몽'에서 깨어난 것일지도 모르죠. 지언 씨와는 반대로 말이에요."

말하면서 그녀가 창밖으로 인사하듯 손을 흔들자, 매 무더기가 하나둘 떠나기 시작했다.

내가 물었다.

"실례지만, 당신이 만난 몽환의 존재가 누구인지 물어봐도 될까요?"

그러자 연이어 퍼지고 있던 선율이 한데로 모이고 서서히 사라져가며 렌 하루코의 말을 부드럽게 감싸 안고 지나간다.

"천의무봉(天衣無縫)…. 죽음의 굴레를 벗어나게 해준 사람이자, 진정한 새 시대를 열어줄 무소불위, 무소불능의 친구."

그러면서 마지막 남은 검독수리마저 떠난다.

그렇게 기다림 없는 시간도 떠나가고 있다. 나릿나릿, 째깍째깍.

그리고 나는 다시 꿈을 꾸고 있다.

'그자는 비운(飛雲)처럼 유랑하는 비운(悲運). 늘 윤전(輪轉)의 역사에서 광휘(光輝)를 뽑아내는 거문성.'

나는 다시금 악몽을 헤매며 그 안에서 천의무봉한 악몽을 쫓는다.

가까운 과거. A.D 2019년, 칠흑빛 우수(雨水)

"응! 나는 널 엄청 믿어."
지언이가 먼저 환한 웃음을
지어 보였다.
'나도 마찬가지야.
나도 너를… 나도 너를…'
과연 나도 너를 협조적으로
대해줄 수 있을까?
과연 내가 협조적일 수 있을까?
과연 우리가 서로 협조적일
필요가 있을까?

벌써, 내 시야에서
멀찍이 떨어진
그 문란, 무질서, 분란 덩어리는
어느새 인파 속으로
사라지고 있다….

심비, 착악(錯愕)의 연속

 재즈바에서 나온 우리는 공교롭게도 그녀가 먼저 데이트를 제의한 탓에 '지장당'에 가까워지고 있다. 그곳은 그제 새벽에 남몰래 잠입한, 기이한 장소. 벌써 세상은 눈에 띄게 어두워져 기온은 현저하게 하강했지만, 나를 무척 꺼림칙하게 만든 그 날은 선명히 떠올라 얼굴을 상기시킨다.
 때는 강렬한 햇빛에 노릇노릇 데워진 대지가 한참 식어갈 무렵, 그녀가 지장보살을 보며 속삭이듯 말했다.
 "옛적에는 불행한 사연을 지닌 태아령을 천도하여 위로하던 장소였습니다. 현재는 '새 시대의 빛'을 보지 못한 '소멸된 영' 전부를, 마음속 깊이 새기는 순례지. 오늘도 딱한 마음이 듭니다, 저는…. 지언 씨, 보여드릴 게 있어요. 분명 탄생 기운이 남다른, 초월적 범주라면 느껴지실 겁니다."
 그녀는 말을 끝내고 나서, 전망대로 향하던 발걸음을 지장당 건물로 틀었다.
 나는 도무지 이해될 리 없는 말임에도 어떠한 대꾸도 하지 않았고 의문도, 반항심도 품지 않았다. 만약 한기가 흘러나오는 저곳, '심연염부제'로 가지 않는다면 왠지 내 일행마저 어려운 상황으로 내몰릴 수도 있으므로 그저 데이트를 위해서 분진하고 있다며, 스스로 위로했다.

나는 침을 꿀꺽 삼키면서 으스스해 보이는 그 '순백의 건물' 내부로 들어갔다. 변함없이 중앙엔 침대가 위치하였고 마치 세상을 밝히는 거대한 등불처럼, 한데로 뭉친 촛불들이 내부를 환하게 비추고 있었다.

그런데 단 하나, 사소한 변화 한 가지…. 예전과 다른, 어떤 기묘한 배치 형태가 눈을 사로잡는다.

'어!? 원래 촛불들의 배치가 저랬나?'

곧바로 나는 추리에 들어갔다.

'어둡다. 침대 색상이 너무 어둡다. 그런 침대를 촛불들이 원형으로 감쌌고 더욱 큰 원형이 또 한 번 작은 원형을 둘러쌌다. 그리고 바로 위, 12시 쪽으로 수십여 개의 촛불들이 일렬횡대로 나열되어 있고… 도대체 저게 무슨 의미일까?'

언젠가부터 렌 하루코 주변 여건이 판도라의 상자처럼 느껴졌다.

"저기, 렌 하루코 상?"

"끼이익!"

별안간 삐걱거리는 소리가 내부에 울려 퍼졌다.

"철컹! 드르륵!"

그러면서 침대가 180도 돌아가더니 지하로 통하는 입구가 등장했다. 그 즉시 나는 착악하고 말았다.

"지언 씨. 따라오시죠."

그녀가 침대 왼편의 판자 바닥에서 발을 뗀 뒤에 말했다.

나는 계속 눈을 깜빡일 수밖에 없었다. 뒤늦게라도 알게 된, 첫 실체의 잔재 때문이 아니었다. 그녀를 뒤따라 발을 들여놓을 때마다 나를 얼빠지게 하는 것이, 가마쿠라로 오게 만든 주된 목적에서 벗어난 '의외의 것'이기 때문이다.

그저 나만의 착각일 뿐일까? 그녀의 목덜미와 옷깃의 틈 사이로 녹색 빛이 희미하게 새어 나온다 느끼는 건??

저절로 눈이 세차게 깜박여진다. '그래! 이번에야말로 단단히 미쳤나 보다'라고 생각하면서도, 나 스스로 억지 개연성을 만들어 부여하면서 마침표를 찍고 있다.

'그건 그렇고. 왜 이렇게 길어?'

우리는 나선형 목조계단을 꽤 많이 내려가고 있었다. 내려갈 때마다 계단 통로는 점점 더 넓어졌고 천장은 그만큼 높아졌다. 여기저기에서 박쥐가 내는 울음소리와 날아다니는 소리를 들었지만, 신경조차 쓰이지 않았다. 분명히 유해한 생명체임을 아는데도 겁쟁이인 내가 무신경으로 일관하고 있다.

그럴만한 이유가 있었다.

이 통로는 기껏, 렌 하루코의 도서관으로 이어지는 용도치곤 무척 거대하였다. 더욱이 아무리 모든 정보지를 들쑤셔도 찾지 못했던 장소가, 자연의 산물이 아닌, 억지로 존경을 자아내고 겸허함을 느끼도록 만든 인위적인 공간이지 않은가.

심지어 나는 문득 무언가를 인지하였다. 띄엄띄엄 통로에 설치된 벽면의 안내등을 의지하는데도, 마치 혼자서 눈을 감고 머리를 감을 때처럼 문득문득 감시자가 느껴진다. 렌 하루코의 옷깃과 목덜미 틈에서 나오는 녹색 빛은 어느 겨를에 더욱 진해져 보이고, 언제 그랬냐는 듯이 사라지기를 반복한다. 이제껏 숱한 상상 속에서 헤엄치고 괴이한 일을 겪었음에도, 저 끔뻑이는 현상만은 부정하고 싶다.

나는 또다시 공포에 떨면서 뒤돌아보았다. 물론 아무도 없었다.

'하지만 무언가가 방심하는 틈을 타서 공격하면 어쩌지?'

아마도 이러한 의심은 밑으로 내려갈수록 깊어질 것이 자명하다. 그렇기에 내게는 흡사 암흑의 존재에게 어둠이 필요하듯, 맑은 생각을 위한 맑은 공기가 필요하다.

"헉! 헉!"

현재 내게는 더러운 느낌이 섞인, 이 혼탁하고 답답한 공기보다는 머리를 맑게 하는 상쾌한…!!!

"아, 상쾌하다!"

아니, 이게 무슨 해괴한 반응이란 말인가.

나는 혼란에 빠질 수밖에 없었다. 우리가 갓 목표 지점까지 다다를 시점에, 웬 맑은 공기가 콧속으로 스며든 것이다.

점차 주변이 밝아졌다. 나는 계단을 마저 재빨리 내려가서 눈앞에 놓여있는 광경을 감상했다.

대략 2차선 도로 너비의 널찍한 지하엔 족히 80미터는 되어 보이는 유리길이 일직선으로 곧게 뻗어있었다. 그 밑으론 녹색 형광을 발하는 물줄기가 흐르고 있었는데, 지하세계를 걸으면서 신비하고 은은한 녹색 빛이 비치는 진경을 감상하란 의도가 느껴졌다.

나는 다시 정면을 응시하였다. 유리길 끝에는 푸른빛이 새어 나오는 문이 자리하고 있었다. 분명 '심연염부제'(지장당)에서 봤던 촛불의 배치 형태가 형상화된 문이었다.

렌 하루코가 오른쪽을 가리키며 말했다. 평범한 통로가 있는 방향이다.

"저 길은 지언 씨가 머무는 숙소로 향해있습니다. 원치 않으시면 숙소로 가셔도 됩니다."

"아닙니다. 앞으로 가보겠습니다."

나는 다시 힘을 내어 걷기 시작했다.

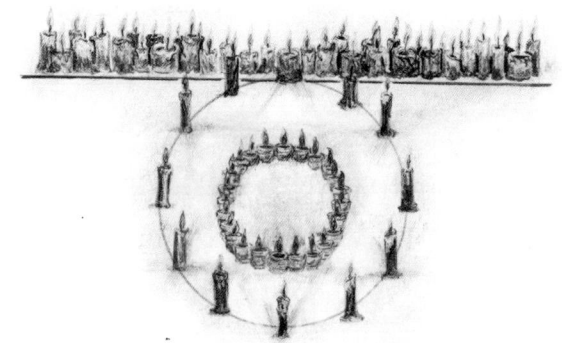

── 2 ──

앞서 걷던 렌 하루코가 속도를 늦추며 고개를 살짝 틀어 시선을 건넸다.

"저도 '심연참회당'을 오가면서 40일간 환난과 시련의 기간을 보낸 적이 있습니다. 그 기간에 이곳, 피조 세계가 만들어졌어요."

"피조… 라고요? 그럼 여길 만든 자가 조물주란 말씀입니까?"

"아닙니다. 제가 잘못 표현했네요. 적어도 이 기적의 현상 한에서 그렇다는 겁니다."

살짝 미소를 지은 그녀는 계속 나아갔다.

나는 위를 쳐다보았다. 내 주변을 둘러싼 미스터리는 위협적인 색을 두르고 있지 않음에도 너무나 위압적이었다. 아주 희미하지만, 창연(蒼煙) 비슷한 것들이 허공에 떠다니다가, 유리길 끝에 있는 '푸른 문'에 부딪혀 해체되고 만다는 망상에 젖었다.

'그런데 그려진다…. 이런 제길! 그려진단 말이야!!'

나는 허공에 난데없이 무언가 나타났다가 사라지는 만듦새에 빠지면서 머리채를 쥐어 잡았다.

그러자 그제 지장당에서 들었던, 킥킥거리는 소리나 힘겹게 숨을 쉬는 소리 같은 온갖 환청이 서서히 들려오는 것 같았다.

'혹시, 나 스스로 만들어내는 게 아닐까?'

나는 고작 80미터 정도의 거리를 한 번에 이동하지 못하고 털

썩 주저앉은 채 숨을 돌렸다. 갑자기 갈증이 몰려왔고 유리길 밑으로 도란도란 흐르는 '녹색 물'이 내뱉는 충동에 이끌렸다.

나는 새근발딱 가쁜 숨을 몰아쉬며 신속히 유리길 밑으로 손을 집어넣었다.

그러나 렌 하루코가 수면에 비치는 내 손을 낚아챘다.

"억누르세요. 대지의 생기와 신기를 품은 수액입니다. 한낱 인간의 몸으로는 견딜 수 없어요. 지언 씨가 어지러운 것도 이 때문입니다."

나는 그녀의 말을 인지하고는 굽혔던 신체를 억지로 폈다. 그러면서 균형을 잃지 않으려 벽면에 등을 기댔다.

또다시 허공을 쳐다보았다. 어지러웠다. 그래도 방금 본 것 같은 창연은 보이지 않는다.

"지언 씨!!"

"네?!"

나는 렌 하루코의 부름에 즉각 대답했다. 어느 틈에 그녀는 한 손을 넌지시 푸른 문으로 뻗고 있었다.

"저는 그날 구덩이에서 이런 말을 들었습니다. '렌 하루코가 많이 힘든 걸 알고 있어. 하지만 우리는 선택의 오선지에 닿아있고 이 순간은 미래 방향에 큰 영향을 미칠 거야'라고요. 무심코 지나치듯 건넸지만, 제가 건뎌낼 것이라는 음성이었습니다."

한층 더 차분해진 그녀의 눈은 미리 말을 하고 있었다.

"지언 씨. 이제는 당신 차례입니다. 지금이라면 이 기운들을 형상화할 수 있을 거예요."

"예. 열어주시죠."

나는 그녀에게 휘뚝휘뚝 다가가며 찬성 의사를 강력히 표시했다.

그러자 그녀가 천천히 푸른 문을 밀기 시작했다.

아니다. 더 주의 깊게 살펴본 결과, 그녀는 안간힘을 써서 육중한 문을 밀고 있었고, 그러는 동안 그녀의 옷깃을 희미하게 뒤덮은 녹색 빛이 가죽 재킷의 문양을 환히 덮어버렸다.

그렇게 문틈이 점차 넓어져 간다. 마침내 비밀의 공간이 배깃이 열리면서, 그 '형광 녹색을 띠는 물과 그것이 닿는 '피조물'이 서서히 다가오듯 뚜렷해진다.

어떤 초대형 나무 한 그루가 서 있었다. 그것은 '미녀와 야수'에 등장하는 장미 한 송이처럼, 투명한 유리막 안에서 희미해지다가도 뚜렷해지기를 반복한다.

그러자 렌 하루코가 문을 한껏 열기에 앞서 동작을 멈추었다.

"무엇이 보이시나요?"

"연원… 입니다. 유리막 안에서 삼라만상과 그것의 허망함이 소용돌이칩니다."

나는 착악하여 난해한 관점으로 대답하였다.

'질서… 혼란, 무질서, 혼돈…. 코스모스와 카오스의 조화….'

물론 그것은 괴이한, 어떤 삶의 궤도로 인한 착시였고 궤변으로 인한 거짓 세계일 것이다. 그저 렌 하루코라는 현실과 급성

정신착란에 의한 가상공간 간의 명도 차가 없는 탓에, 특이한 아류작을 보며 혼동을 일으킨 것이다.

나는 입을 벌린 채로 그 초대형 고목의 하단부를 멍하니 바라봤다.

저 나무껍질을 감싼 유리막의 '시원'은 다름 아닌 '유리길'이었다. 내가 서 있는 이 비좁은 길이 흡사 얼음 호수처럼 홀 전체에 펴져, 나무까지 둘러싼 비경을 연출한 것이다. 그러자 머릿속에 비밀의 공간 전체가 제대로 그려졌다.

렌 하루코가 말했다.

"우리가 걸어온 길은 나무를 보호하는 양막 역할로 변형됩니다. 그리고 녹색 형광물이 양수의 역할과 탯줄의 역할을 병행합니다. 원활히 보호하고 영양분을 공급해주죠."

나는 들어갈지 말지 망설이면서도, 그녀의 말을 경이할만한 얘기로 간주했다. 그녀 말마따나 형광 녹색의 물줄기는, 시냇물이 강이 되듯 드넓은 유리막 밑에서 '녹색 호수'를 이뤄, 곧바로 나무의 몸통을 타고 올라가 모든 줄기에 맴돌았다. 그것도 반투명한 색이 되어 나무를 보호하는 양수로서 말이다.

'차분해지자, 차분해지자.'

나는 올라오는 흥분을 가라앉히려 자신에게 주문했다. 온 인류를 들뜨게 하고도 남을 현상에 거짓, 가상공간이라며 입속으로 되뇌기까지 했지만, 좀처럼 가시지 않는다.

나는 눈을 감고서 또 한 번 심호흡을 한 뒤에 뚜렷이 바라봤다.

지구의 총천연색을 담은 대략 아파트 10층 높이의 장절(壯絶)의 나무가, 무려 금문교의 기둥 세 개를 합친 몸통을 자랑하며 원형 돔구장 세 개 크기의 광대한 부지 정중앙에 우두커니 서 있다. 게다가 그 나무껍질을 마치 양수와 양막처럼 형광의 녹색 물과 유리막이 차례대로 감싸고 있고 유리길 밑에서 호수를 이뤄 나무 몸통을 에두르는 녹색 물의 형광은 천장 틈 사이사이까지 감도는 창연과 뒤섞여 다른 차원의 세상을 선사했다. 한마디로 청색과 녹색 빛깔이 공존하는 신비로운 공간이다.

그러나 이상하게도… 거대한 나뭇잎과 열매만은 현재 보이지 않는다. 도저히 셀 수 없는 수많은 굵고 얇은 줄기만이 아치형 천장을, 아니 '지장당 대지'를 마치 명맥이라도 되듯 받치고 있을 뿐이다.

나는 감성으로 물든 본심을 나도 모르게 자판기처럼 툭 내놨다.

"가엾은… 앙상한 나무네요."

"그렇지 않습니다. 나무를 자세히 봐주세요. 혹시 푸른색을 두른 잎새들이 보이시나요?"

"…… 어… 어… 네네, 조금씩 보이고… 있습니다…."

대관절 색명이 구분 안 되는 저것들은 언제부터 보이고 있었을까…. 하기야 이곳에서는 본디 무엇 하나 가능한 현상이지 않았다.

그러나 저것이 설혹, 허깨비 내지 푸른 유령이라 해도 아름다운 건 사실이고, 저 '환상의 나뭇잎'들이 제각기 푸른 연기를 분출하여 점멸을 반복하는 것도, 그러면서 시시각각 온갖 형태로 변화하다가 간혹 형태와 순서를 달리하여 나뭇잎으로 돌아오는 것도 사실이다. 더구나 허공에 떠다니는 창연들은 왠지 나뭇가지를 최종목표 삼아 꼬물꼬물 날아다니는 듯하다.

'이 세계, 아니 이 현상의 근간 중 하나일까?'

그런데 계속 보고 있자니, 고혹적인 현상의 차원으로 빨려들것 같은 기분에 현기증이 몰려온다.

"렌 하루코 씨…. 이쯤에서 그만 돌아가시죠…."

이곳은 숙소에 있는 도서관. 우리는 지하통로를 통해 올라와 바닥에 흩어져 있는 종이 쪼가리를 몇 걸음 만에 목격하였다. 나는 곧바로 도서관 내부를 둘러보고 나서, 창문을 통해 주변과 숙소 중앙을 살펴보았다. 아니나 다를까, 가레산스이의 아치형 다리 위로 뿌연 연기가 무럭무럭 피어올랐고, 그 희뿌옇게 흐려진 시야 새새 시뻘건 불길이 우럭우럭, 띄엄띄엄 치솟고 있다.

범인은 주 신부였다. 이미 대부분 찢어지고 불타버린 서적을 들고는 마치 검게 그을린 야차가 번뇌하듯, 선 채로 고뇌하고 있었다.

숙소 직원들은 경악을 금치 못했고 매우 불쾌해하였다. 그들이 주 신부를 악질분자로 규정해도 딱히 뭐라고 반격 못할 상황이다.

 그러나 렌 하루코만은 입을 또박또박 뻥긋거리면서 주변에 괜찮다는 의사를 전달하는 한편, 내게도 거듭 생긋대며 살짝 눈인사를 건네고는 그대로 자리를 떠났다.

구시심비, 오싹한 대립

 나는 그녀에게 평소처럼 벙긋벙긋하는 대신에 주 신부 몰래, 손짓으로 인사를 전했다.

 그로부터 1시간 뒤인 개판 5분 전 상황.

 "주 신부님. 제정신입니까?!"

 "제가 나이를 먹긴 먹었나 봅니다. 껄껄껄."

 주 신부는 그저 껄껄거리기 일쑤였다. 그의 안일한 태도는 나에게 강한 불쾌감을 일으키기에 충분했다.

 그러나 막무가내였다. 뜬금없이 나의 생소한 과거를 물어온다.

 "그런데 태어난 날이 몇 월 며칠이죠?"

 "이봐요! 주 신부님!!!"

 나는 그의 태평한 태도에 불만을 품고 그만 고함을 쳐버렸다. 그러자 또리까지 껴들어서 분위기를 악화시킨다.

 "으르렁. 멍! 멍!!"

 "이거 실례했습니다, 왕자님들. 저는 이만 몸이나 풀고 오겠습니다."

 "야이, 똥개야. 오밤중에 어디 가냐. 매들한테 죽고 싶어? 어!!?"

 나는 오밤중에 주 신부를 따라가는 또리에게 괜한 화풀이를 했다.

"이리 와라, 좋을 말로 할 때."

"그래요. 또리는 여기 있으세요. 어허허! 누가 내려오라고 했습니까, 응?!"

"낑! 낑! 낑!"

"아니, 스트레스 탈출용도 아니고. 신부님이 내려가 있으니 재도 마루 밑으로 내려간 거 아닙니까!"

나는 곧바로 이어서 생각했다.

'괜히 시비 걸고 있네? 개가 사람이냐? 이성으로 본능 억제하게? 하여간 개집사 이면에는 인간에 대한 갑질, 무조건적 복종, 주인이 되고 싶은 마음이 다분히 깔려있단 말이지. 저 인간도 그냥 대리만족이야, 아니면 어떤 피해보상 심리 차원이던가…'

"신부님. 뭐 숨기는 거 있으세요?"

"아니요. 없습니다. 왜 그러십니까."

"오히려 제가 되묻고 싶네요. 대체 무슨 꿍꿍이이신 겁니까?"

"무슨 말씀을 하고 싶은지, 먼저 묻고 있습니다."

나는 주 신부의 묵직한 톤에 덜컥 겁이 나버렸다.

그러나 이번에는 질러야 할 시점이다. 평소와 다르게 사족을 제하고 곧바로 몇 마디 부언하였다.

"행여나 말씀드리는 건데, 신부님이 '켄조지'에서부터 저지른 치졸한 짓들이 서로 앞뒤가 맞지 않아서요."

내 말을 들은 주 신부가 성큼성큼 다가올 듯 보였다. 나는 연달아 말했다.

"거, 이상하지 않습니까. 미카엘을 구하지 않아놓고선 그의 유지를 대신해서 검은 책을 태운다고요?"

그 순간 주 신부가 성큼성큼 다가왔다.

"더구나 처음 듣는 마르코 신부 얘기를 접하고는 위구심마저 들더군요. 우리 여정에 어떤, 불순한 세력과 목적이 개입된 게 아닐까 하는… 윽!"

갑자기 내 겉옷 자락이 거칠게 당겨졌지만 굴하지 않았다.

"……단칼에 거절하셨잖습니까. 함께하자는 미카엘을. 그가 제안한 독자적 활동을…. 대체 얼마나 대단한 바티칸이고 무슨 지령을 받으셨길래… 윽!!"

오금이 저려온다. 흡사 곰의 발바닥같이, 뼈대가 굵고 억세게 생긴 손의 위압이 느껴진다. 주 신부가 그 손으로 나를 살짝 흔들면서 말한다.

"안 구한 게 아니고, 못 구한 겁니다. 의도되었던 접근도 절대 아닙니다."

"참 궁색하시네요…."

그래도 주 신부가 흥분한 이때가, 그를 시험 삼을 기회였다. 나는 용기 내서 추궁하듯 대질러 보았다.

"괜한 찌그렁이 부리지 마시죠…… 라고 하고 싶습니다만…. 오해치는 마십쇼. 예전부터, 그깟 개나 줄 교리 부심에 반감이 있었던 거뿐이니까."

나는 이어서 약하게 쏴붙이듯 말했다. 만약 주 신부가 그 위선 덩어리에 융합된 권위적인 노예라면, 위축된 기색 없이 마주하고 말리라.

"그딴 집단한테 주체성을 잃고 휘둘리지 마세요, 신부님. 마음이 참… 빈궁해 보입니다."

내 딴에는 주 신부의 뺨을 거의 찰싹 후려친 것이나 마찬가지였다. 만일 내 의외의 모습을 겪었음에도 그가 호탕하게 웃어준다면, 나는 저 호아응조(虎牙鷹爪) 파괴승의 영원한 동반자.

그런데 주 신부가 뚫어지게 응시하던 시선을 되레 거두며 코웃음을 쳤다.

"꼭 '메이나시'의 멱살을 잡은 것 같군요. 렌 하루코와 함께 직접 만나기라도 한 건가요?"

그러면서 내 옷자락을 잡은 손으로 나를 가볍게 밀쳐냈다. 나는 내 옷매무시를 가다듬고는 머뭇머뭇 고백했다.

"저는 렌 하루코 씨와 '지장당 지하'를 갔다 왔습니다."

"……"

주 신부는 내 옆을 척진 사이처럼 지나치더니, 난데없이 눈 뭉치를 맞은 듯 멈칫하는 모습을 보였다.

"그래서 무엇을 보셨습니까?"

"만물의 근원을 만났습니다."

"어허, 만유의 근원이요? 정말 오랜만에 접하는 이질적인 잡소립니다그려."

주 신부가 야멸치게 쏘아붙였다.

"참으로 적대감이 느껴지는 문장… 아닙니까? 지언 형제님?"

주 신부는 진정성이 묻은 내 증언을, 한낱 이단이 망상에 젖어 지껄이는 망언처럼 치부했다. 그만큼 노골적인 혐오감이 역력하였고, 그의 뒤통수에서 왠지 모르게 애써 흔들리는 동공을 감추는 어두운 낯빛이 느껴졌다.

"주 신부님. 마지막으로 여쭙겠습니다. 신부님은 연원과 삼라만상의 법칙을 깨닫는 자가 현세나 인류 역사에 있다고 보십니까? 예수를 제외하고 말입니다."

나는 다시 날카롭게 대들듯 캐물었다. 그러자 주 신부는 메이나시의 죽빵을 제대로 날릴 기세로 맞섰다. 이제는 부릅뜬 눈으로 물어뜯을 할호(瞎虎)가 되어갈 기세이다.

"절대적으로 없습니다. 만약 존재한다고 해도 그것은 그리스도를 빙자한 악, 또는 주를 적대시하는 세력일 뿐. 언제나 모방해 만든 위작은 넘쳐나는 법이죠."

"악이라…. 혹시 사탄, 루시퍼, 적그리스도 뭐 그런 거 말씀하시는?"

"아닙니다. 그저 제멋대로 타인의 것을 편취하는 자. 그리고 개별적인 이념과 사상을 제멋대로 오인시키는 악! 아무래도 이번에는 임의로이 혼재하셨나 봅니다, 헛것을."

"예. 마음대로 생각하시죠. 다만…… 자칫 진리를 위한 진리, 내규를 위한 내규에 함몰돼서 본연의 목적과 멀어지지나 마시죠. 주마연 신부님."

가까운 과거. A.D 2019년, 마블링 어느 날.

  이곳은 근무지,
서초구 대검찰청
  서울중앙지검 청사.
누군가가 나를
  기다리고 있다.
1층 저 멀리서
  그 사람이 보인다.
나는 멀찍이 돌아서,
  멀찍이 떨어져서
조금 지켜보았다.
  하늘하늘, 알록달록한
원피스의 옆모습이
  보인다.
'어디서 봤더라…?'
  그녀의 손 위에는 백색 노트와
흑색 노트가 들려있다.

암중모색

 이곳은 어색함이 대낮부터 감도는 가레산스이 정원. 우리가 각자의 방식으로 긍정적인 사고를 끌어내려 휴식에 임하는 중에, 주 신부가 먼저 대화를 시도한다.
 "형제님. 어제 '지장당'에 들렸습니다. 한데 별다를 게 없더군요."
 그러나 오늘도 철판이 두꺼운 주 신부는 훼방꾼을 자처하며 시비를 걸어왔다. 무언가를 오매불망 마음속에 품고 있던 그는 '심연염부제'(지장당)에 꽉 들어차 있는 의문점을 보고도 모른 척을 하는 건지, 혹은 내 공상으로 치부하는 건지는 몰라도 급기야 콧노래까지 흥얼거린다. 더구나 밝고 맑은 날씨에, 그것도 오늘 오후 늦게 '엔카쿠지 사찰'로 렌 하루코를 만나러 가는 날에 말이다.
 우리는 같은 공간에 있으면서도 상호 간 마주치진 않고 서로 눈길을 피했다.

·

왠지 불필요하게 밝고 맑아.

·

 "편안한 밤, 보내셨습니까."
 어느새 우리 곁으로 다가온 이름 없는 안내인이 고개를 살짝 숙였다.

그야말로 건방지고 파렴치했다. 불과 이틀 전인 그제까지도 그녀는 총기를 그대로 소지한 채로 목숨을 위협했고 협박하였다.

나는 그녀에게서 눈길을 돌려, 주 신부를 바라봤다.

"별다를 게 없다고요? 같이 가보시죠, 신부님. 내기도 할 겸 겸사겸사."

나는 안내인을 책망하고 싶었지만, 차라리 주 신부와 수다를 떨고 충돌하는 것이 그나마 나을 것 같다는 나약한 면모를 드러냈다.

계속 주 신부만을 쳐다보았다. 언뜻 보기에 그는, 이미 마음을 다잡고 서둘러 떠나려는 사람처럼 복도와 방안을 들락대는 듯 보였다. 그러자 안내인이 내게로 눈길을 보낸다.

"지언 님도 떠날 채비를 해주시죠. 모든 짐을 챙기셔야 합니다."

나는 부담스러운 안내인의 시선을 외면하면서도 힐끗 인상착의를 바라보았다. 웬일로, 화려하기 짝이 없는 기모노를 착의하고 있었다.

그제야 어딘가 수상쩍다고 생각한 나는 물었다.

"하루코 씨는 지금 어디 있습니까?"

"어디에나 있습니다."

그러자 느닷없이 매 떼가 굉장히 많이 등장해 하늘을 어둑할 정도로 뒤덮었고 하나둘 추락하듯 활강하여 가레산스이를 맴돌다가 서서히 내려앉기 시작했다. 어느 틈에 천공의 지배자들에게 둘러싸인 것이다. 곧이어 매들은 커다란 날개를 펼치면서 한동안 끊임없이 펄럭거렸다.

나는 광신도 같은 그들의 관심을 끌지 않으려 최대한 무심코 주변을 휘둘러보다가, 꼬랑지를 내린 또리를 보호하면서 실내로 들어갔다. 나는 주 신부의 곁에 최대한 달라붙어 분주히 움직였다. 그만큼 매들이 퍼덕거리는 모양새가 마약이나 흥분제를 처먹은 듯이 격렬하였고 크나큰 위협이었다. 우리가 마지못해 여정을 그만둔다거나, 만일 가장 잔혹한 운명에 치여서라도 이 꿈에서 달아나지 않는 한은 저들에게 벗어날 방도가 없어 보인다.

'이거 어째 불안한데?'

—2—

그러나 내 걱정은 그저 근시안적인 반응에 불과했다. 어느덧 우리는 야산 기슭에 개기한 '엔카쿠지 사찰'의 살아 움직이는 꽃들에 둘러싸여 있다. 우리 주변을 바삐 오가는 유카타 차림의 수려한 꽃과 경내를 감싸는 울창한 삼나무들 새새 피어난 산화 말이다.

'아… 저것들마저 살랑살랑 꼬리 치는구나.'

한 사발 뽕을 맞은 듯한 이 반응은 모두, 저 유카타 꽃들 때문이다. 우리가 어디에 서 있든 최소, 한 명 내지 두 명의 꽃들이 '기묘히 개축된 건물'에 대해 친절히 설명해주었고 경내 어딘가에서는 아름다운 무희들이 안무 연습에 매진하고 있다는 사실을 샤미센 소리로 간간이 알려왔다. 더구나 이번에는 우리 사이에 악명 높은 존재로 여겨지면서 목소리 자체로 청각에 부담을 안겨주던 안내인이 부재중이 아니던가.

나는 앞장서서 미쳐 날뛰는 짐승을 이끌었다.

"또리야, 저리로 가보자. 어흥!!!"

"멍멍멍!"

또리도 엔카쿠지의 신선함을 느끼기에, 충분한 시간을 보내는 중이다. 더군다나 그 꽃들이란, 하세데라에 입성하자마자 그 자신을 격하게 반겨주었던 마이코와 게이코들.

"흠흠!! 이놈아. 함부로 들어가지 말거라."

주 신부가 흥분한 또리를 말렸다. 그런데 우리를 간간이 쳐다보는 그의 입가에, 유독 씁쓰레한 빛이 스쳤다가 곧이어서 자조의 빛이 감돈다. 왠지 무희의 절제된 화려함을 잊지 못하여 고혹적인 유혹에 관한 상상을 부절제하다가, 결국 자괴감을 느낀 게 아닌지…. 결정적으로 주 신부는 경내에 샤미센 소리가 퍼질 때마다 예술을 사랑하는 티를 내듯, 류큐무용 및 오키나와 에이사에서 볼법한 손동작을 간간이 보여 왔다.

이번에도 주 신부는 근근이 버티다가 역시나 반응한다.

"흠흠흠! 오늘 덥구나, 더워…."

"호호호. 실은 신부님도 좋으시죠?"

나는 알고 있다. 나도 주 신부처럼 알 수가 있었다. 마치 바람결에 살랑이는 꽃을 연상케 하는 그녀들의 숙련된 표정과 몸짓은 오묘한 걸작으로 승화되어 내 뇌리에도 강렬히 꽂혀 있으니까. 게다가 우리는 가마쿠라의 기억을 절대로 천추의 한으로 남길 순 없으니까….

그런데 주 신부가 먼저 못마땅한 표정으로 대답했다.

"좋기는 뭐가 좋다는 겁니까. 형제님은 뭔가가 이상하지 않습니까?"

"이상하죠. 오늘따라 주 신부님이 더 이상하죠."

우리는 서로를 편파적으로 여기고 있었다. 세간사가 난측이고, 각인각성과 각인각색이 세상 자체이며 각인각설을 수렴해 조정해야만 하는 것이 주된 세상일임을 익히 알면서도, 스스로 부인하는 자가당착적인 혼선을 보인 것이다.

우리는 얼마 뒤에, 암반을 파서 형성되었다는 '국가 명승, 묘향지'로 들어가서 평평한 반석에 걸터앉았다. 진솔한 대화를 위해서였다.

우선 주 신부 차례였다.

"일단 우리 문제는 각설하고, 이렇게 명승지에 앉아서 훼손하고 있는데 아무도 오지 않는다고요?"

말하면서 그는 묘향지를 가리켰고 말이 끝나자마자, 이어서 몇몇 건축물을 가리켰다.

나는 할 말이 떠오르지 않았다. 실제로 엔카쿠지의 그 누구도 우리에게 도덕적인 경각심을 심어주지 않았고, 그제야 나는 사방을 둘러보며 '엔카쿠지'의 구조와 구성에 관심을 가졌다.

엔카쿠지는 송대의 선종사원 가람배치에 따라 일렬로 늘어선 각 건물에, 각기 다른 특색을 지닌 정원이 딸려있다.

'그런데 왜!?'

대관절 그 역사적인 사찰이 왜, 일부 건물들을 개축한 진기한 광경을 보이고 있을까. 그것도 다양한 조경으로 다듬어진 고즈넉한 산사를 맛볼 수 있는 사적임에도 말이다.

보통 옛 건물은 허물지 않고 잘 보존하여 기록물 관리용으로 개관될 때가 있기 마련이다. 한데 엔카쿠지의 '소몬'을 들어가자마자, 현대식으로 개축된 시설물과 관리실이 보였고 옆으로는 네오바르크 양식의 건물이 보였으며, 그 초입을 벗어나 계단을 오르자 '산몬'에 이어서 '산몬과 불전' 사이에 있는 미국식 네오바르크 건물을 마주했다. 특히 눈에 띄는 그 두 번째 건물은 마치 메이지 시대의 청사처럼 아예 미국의사당을 본뜬 형태를 띠고 있었고 건물 전체가 담쟁이넝쿨로 뒤덮여 붉디붉게 물들어있었기에, 역시나 넝쿨이 뻗어 단풍이 울긋불긋 들어있던 첫 근대식 건물과는 어느 모로 보나 잘 어울렸다. 단, 오로지 그 건물하고만 말이다.

우리는 당연지사 의문을 품고는 한 마이코에게 두 근대 건축물에 관한 자초지종을 물었다. 그녀가 그간의 경위에 대해, 일장 설화를 늘어놓다가 뚝 잘라 말하길, 그곳은 '인쇄소를 보유한 출판사'로 이용된 장소였고 여러 사찰에서 출원한 승려들을 중심으로 세워졌으며, 현재는 잠정적으로 폐업한 회사란다.

앞으로 오래도록 버틸 수 있는 상태, 생각보다 관리가 잘 되어 있는 내부, 흔한 파본 하나 남아있지 않은 인쇄소까지…. 어떤 특정 목적을 소기에 달성하고 문을 닫은 듯이 보였고 이렇다 할 흔적도 전혀 없어서, 비교적 짧게 운영될 동안 무엇들이 폐간됐는지조차 알 수 없었다.

'설마… 검은 책을 처음 배본한 진원지인가?'

더구나 주변에 산재해있는 여러 개의 건축물 중에 몇몇 개축된 건물의 현판을 보아하니, 각종 언어로 번역이 가능한 국제부서도 존재했었던 것 같다. 하지만 마지막 간행이 중단된 이래, 단 한 번도 속간된 적이 없었다는 충격적인 정보도 들려왔다.

'규모가 이리 거대한데, 비영리적인 행보였다고?'

갑자기 구역질이 나오려 했다. 그리고 문득 '켄조지'가 떠오르면서, 미카엘의 마지막 절규가 뇌리를 스쳐간다. 차라리 도중에 생긴 틈 사이로 추락하는 것이 나았을 텐데, 마치 씨실과 날실의 교차가 잘 이뤄진, 매우 촘촘히 엮인 옷감 같은 거미줄에 걸려버렸다. 전혀 헐겁지 않고 벌어진 틈도 거의 없는….

이번에도 나는 한소보의 가장 어두운 내부를 떠올렸다. 가장 어두운 방구석, 벌룽거리는 촉영 뒤를 떠올렸다. 그리고 붉은 연꽃 위의 서안을 떠올렸고 그 서안 위에 펼쳐놓은 검은 책을 떠올려 버렸다.

'아니…. 적안, 너는 어디로 간 거지?'

내 시선은 점점 경직되어갔고 한동안 말없이 그대로 앉아있었다. 경내에 흐르는 온랭이 우리의 예민해진 신경을 교차로 건드렸고, 뒤이어 경내 후미를 본 또리가 크르릉 소리를 내며 조용히 이빨을 드러낸다.

그때 주 신부가 물어왔다.

"……사단법인일까요… 재단법인일까요…."

미처 생각 못한 변수였다. 그러나 별 의미 없어 보였다.

처음에는 실체를 파악하고 진상을 규명하기 위해 해당 배후 세력에 대한 진상 조사, 재화의 경쟁력의 적법성, 위법성, 공정성에 대한 감사 여부가 쟁점이었겠으나, 이제는 대책을 검토할 계획조차 없는 별개의 영역에 들어왔을 것이다.

"그게 무슨 소용입니까. 아무런 후속 조치도 없습니다. 이미 국헌 문란, 내란죄 외 별별 것이 다 걸려있을 텐데, 제재는커녕 벌써 깊이 침투해서 퍼지고 있습니다. 아마도 검은 책은 국제사회 어딘가에서 자체적으로 생산되고 있지 않겠습니까?"

"아직 아니고, 앞으론 개들 곤란할 겁니다."

"아닐걸요. 당분간은 신부님이 속한 조직의 국제적 위상이, 그 실체가 어느 정도의 거물인지를 가늠해줄 뿐입니다."

"그만 일어납시다. 마침 이쪽으로 오고 있습니다."

주 신부가 일어나며 말했다. 그의 말대로 어린 마이코가 바리때들이 놓인 탁상을 들고 묘향지로 오고 있었다. 그녀는 곧 묘향지 바깥에 멈춰서서 탁상을 내려놓고는 바리때들을 쟁강쟁강 정연히 해놓으며 우리를 불렀다.

"여러분. 우선 이걸 드시고 따라와 주시죠."
"넷이, 넷이."

—3—

우리는 잠깐 새참을 맛보고 묘향지 옆으로 나 있는 오르막길을 따라 경내 후미 쪽으로 쭉 들어갔다. 그러자 어느덧 묘한 분위기가 감도는 어떤 산비탈 오솔길에 들어서며, 야산 깊숙이 들어갈 수 있는 위치에 도달했다.

나는 멈춰서서 사방을 둘러보았다. 갑자기 '내가 무사히 내려올 수 있을까'라는 불안한 예감에 휩싸이면서, 하필이면 샤미센 소리까지 중단되었다.

"끼이익!"

그 순간이다. 야산에 의문의 쇳소리가 메아리쳤다. 그러더니 오솔길의 양쪽에 설치된 도랑으로 느닷없이 세찬 물줄기가 콸콸 흘러내렸다. 나는 그제야 깨달았다.

우리가 무슨 연유로, 습지도 아닌 산책로에서 지금껏 '나무테크' 위를 걷고 있었는지를….

'저리 드러날 것이다, 만천하에 저리 드러날 거야….'

조금씩 경내의 후미가 도랑물에 잠기기 시작했다. 서서히 그리고 조금씩, 맑고 투명한 물에 잠기기 시작했다. 잔잔한 물결이 따뜻한 햇볕을 받아 일렁거리고 이어서 오솔길 도랑을 타고 수많은 잉어가 내려와, 영롱한 물빛으로 반짝이는 연못이 완성된다.

자연적 요인을 갖춘 수반 어항이었다. '참나무숲 야산 수반'에, 경내의 건물군과 암반으로 조경한 어항 말이다.

'그래. 저리 드러난다. 그게 무엇이든 간에….'

내 생각이 오솔길의 끝자락, 그 너머로 향해 머물렀고, 나는 뒤돌아서 그곳을 쳐다보며 고뇌하고 숙고하였다.

우리는 앞으로 계속 나아갔다. 그러면서 암흑세계의 음침한 속내를 혼란스러운 감정에 섞어 둔다. 잇따른 나무테크를 통해, 참나무 숲으로 우거진 흙길과 암반 길을 오르며 황홀함에 갇히기도 했지만, 위험 요소가 있을지 모를 정글에 와있다는 사실을 얼마 동안 되새겼다.

나는 앞장서서 걷는 어린 게이코도 유심히 관찰하였다. 하필이면 음험해 보였다. 그녀는 여전히 별다른 반응 없이 야산의 깊숙한 기점으로 우리를 이끌고 있다. 왠지 음험한 흉계가 느껴진다.

'암중비약! 암중공작! 막후에서 변화하고 끄트머리부터 변형되어 결국 진화한다. 분명, 저 아이조차 화려한 독버섯이다. 가열해도 살아남는 맹독성을 보유하고 있다. 자명한 사실이고 치명적인 위기이다.'

더욱이 이곳은 인기척이 없는 통로였다. 밝은 어딘가에서 날이 저물 때까지 버텼다가, 사태의 정황을 살핀 다음에 날래게 벗어나야 한다. 하물며 다음 막후공작에는 더욱더 휘황찬란한 위협이 도사리고 있을 것이다. 어서 탈출 의사를 전달해야 한다.

"신부님. 그만 내려가시죠."

"또다시 들려옵니다."

다시금 샤미센 소리가 참나무숲에 은은하게 울려 퍼졌다. 그러나 이번에는 죽음의 진혼곡이 되어 근방에서 들려왔고 더 가까이서 귀를 기울여보니, 처마 끝에 매달린 풍경소리도 함께 들려온다. 게다가 웬 날랜 그림자가 야산 속에 가직이 암약한다는 느낌마저 귓전을 스친다.

나는 하루에도 십수 번씩 했던 번의를 이번에도 삽시에 몇 번씩 반복하였다.

"그냥 내려갈까요?".

"이미 늦었습니다."

말하면서 주 신부는 정면을 손가락으로 가리켰다. 한숨을 내쉰 나는 입술을 비죽이며, 그가 가리킨 오솔길의 끝자락을 쳐다봤다. 하늘에 벌건 석양이 깔리면서 뉘엿뉘엿, 야산에도 내려앉고 있었다.

그리고 마침내 그 붉은 형상이, 그러니까 켄조지에서 단지 느낌으로만 체험했던 그 중무장한 다이텐구가, 이곳 원시림이 주는 고요한 공포를 한창 실감하는 와중에 조금씩, 조금씩 마치 현실처럼 인식되듯 나타난다.
 '한소보 다이곤겐……. 아니… 붉은 눈, 너!!'

마치 현실로 인식되듯
꿈을 야금야금.

그리고

꿈으로 인식되듯
현실을 야금야금.

みなとまつり, 선율을 연주하다
(항구 축제)

 이윽고 그 적안의 그림자가 허리를 천천히 숙여 인사한다. 그리고 또리가 자세를 낮추고 콧잔등에 주름을 보이며 이빨을 드러내는 순간, 그것은 서서히, 서서히 허리에 이어 고개를 들어 올린다.
 비록 소름 끼치는 거대한 외형은 아니었으나, 머리가 헝클어진 누군가의 형상이 겹쳐 보이는 건 왜일까.
 '설마… 안내인 그년인가?'
 불행 중 다행이었다. 안내인이 아닌, 일면식도 없는 '게이코'였다. 그녀는 낮은 소리로 으르렁대는 또리에게 미소를 보이며 말했다.
 "여기서부턴 제가 안내해드리겠습니다."
 "여기가 지금 어디… 혹시 저거, 연못인가요? "
 나는 그녀의 말이 끝나는 동시에 하마터면 야산 깊숙이 있다는 사실을 잊을 뻔했다.
 우리가 서 있는 참나무숲은 분명, 흔한 나뭇가지 움직임마저 호러 요소로 부각되는 장소이자 나무의 그림자로도 서늘한 공포가 배가되는 진원지일 텐데, 어찌하여 마이코 무리가 풍월과 함께 속삭이듯 재잘대고 있고, 어찌하여 '누각'에 달린 풍경은 실바람에 수줍게 살랑이며 청아한 음을 빚어내고 있으며, 어찌하여 미풍에 흔들리는 목단잎, 개구리밥, 부레옥잠꽃 등 수생식물까지 석양 속 낮달에 조화되어 산상(山上)에서 광채를 뿜내고 있는가.

'떠오른다, 떠오른다, 시상이 떠올랐다!'

회광반조(廻光返照)

날이 저물 무렵, 저녁노을에 이어 한차례 강세를 뿜내고 싶은 태양은 만산에 번졌던 홍엽(紅葉)불길이 사그라지기 전에 거센 화광(火光)을 일으켰다.

땡땡! 불합격!
사유는 표절!

—2—

산상의 은은한 노등 빛, 춘양의 온기가 깃든 아늑한 온풍, '팔자 연못'에 투영된 3층 누각과 그 옆으로 이어진 다리의 반영, 연못 바위틈과 사방을 치장한 꽃무릇과 구절초 및 해바라기와 코스모스들. 그리고 겹치고 압축하여 진공보존한 수중식물 이만여 송이를 연못에 일시에 띄운 진풍경까지….

'화려하고 찬란하기보다 일대 거관이다. 그러나 그냥 변종 무

리야, 그냥 변종 무리라고!'

그렇다. 이 암흑세계는 그냥 변종일 뿐이다.

"짝! 짝! 짝!"

그때 어디선가 세 차례 손뼉 소리가 들린 뒤에 샤미센 소리가 멈췄다. 그리고 마이코 무리는 일제히 고개를 돌려 우리를 쳐다봤다.

"놀라지 마십쇼."

게이코, 아니 새로운 안내인이 말했다.

"연출상의 퍼포먼스입니다. 너그러이 양해 부탁드립니다."

다행히 나는 혼절하지 않았다. 단지 섬뜩했고 다소 차갑게 느껴질 뿐이었다. 마이코의 표정 변화는 순식간에 이뤄졌고 그나마 근접해 있던 게이코는 안면 근육 하나 움직이지 않았다. 앳돼 보이는 얼굴이지만, 그녀의 도도하고 차가운 눈빛은 까칠하고 냉혈한 안내인과 닮아 보였다.

우리는 주변을 잠시 둘러보다가 마이코 무리가 누각으로 들어가는 장면을 목격하고 따라가려 했다.

그러자 마침 안내인이 말했다.

"따라오시죠. 한동안 중단되지 않을 여흥이 기다립니다."

그녀는 우리 옆을 지나 마이코 대열에 합류했다. 나는 곁눈질로 주 신부의 감정과 생각이 어떨지 추측하면서 바짝 따라붙었고 주 신부도 내 의지를 진즉부터 알고 있었다는 듯이 그 즉시 뒤따라 누각으로 향했다.

비로소 우리는 베일에 싸여있는 누각 1층에 들어섰다. 세상에서 가장 어눌한 자들을 위한 접견실이다. 달빛이 주렴에 비치어 들어 붉은빛이 감도는 세계였다. 각각 한 명씩 수많은 괴목(홰나무)경대 앞에 서 있는 게이코들이 듬성듬성 자리를 잡고 있는가 하면, 천장에서부터 길게 늘어뜨린 모로 코랄(Moro Coral) 장신구(적색 산호 구슬발)는 중앙나선형 계단을 뒤덮고 있었다.

어언지간, 마이코들이 중앙나선형 계단을 통해 2층으로 먼저 하나둘 사라진다.

우리도 그녀들의 발자취를 따르려 발걸음을 떼서 계단으로 순순히 향했다. 그러나 얼마 가지 않아, 게이코들이 황홀한 환영 인사를 건네며 막아섰다.

나는 경계하였다. 여전히 구덩이 밑에서 신음하던 미카엘의 참경이 떠올랐고 게이코의 화사한 자태, 농익은 교태, 요염한 연기 뒤에 숨겨진 비열한 독아를 내다봤다.

"짝! 짝! 짝!"

얼마 지나지 않아 또 한 번 박수 소리가 들려왔다. 그러자 이번엔 게이코들이 제각각 기묘한 동작을 선보이며 두리번거렸고 샤미센 소리가 위층에서 재차 들려오자 하나둘 주변을 배회하다가 중앙나선형 계단으로 향하기 시작했다.

그녀들은 참으로 묘한 퍼포먼스를 펼치면서 계단을 올랐다. 마치 천상으로 향하거나 끌려가는 듯한 몸짓을 보이는 이가 있는가 하면, 철천(徹天)… 천상에 사무치는 표정으로 조금씩 올라가는 이들도 있었다.

"우리도 가봅시다."

주 신부가 먼저 주목거리가 있는지 유심히 살피고는 뒤따랐다. 반면에 나는 미지 세계를 탐방하고픈 탐험가의 기질이 발현되어, 손바닥에 배어 나온 눅진한 진땀을 허벅지에 닦으며 뒤늦게 따라갔다.

중앙나선형 계단은 비교적 천장이 높은 2층에서 끝난다. 나는 한 칸, 한 칸 그녀들의 자취를 따라 천천히 디디며 올라갔고 점차 2층 영역이 가까워져 오자, 흡사 마블링처럼 어둠과 뒤얽힌 핏빛줄기들이 스르륵스르륵 '당초무늬 육각성'으로 그르모아지는 양상이 시야에 들어온다. 게다가 날카로운 음악까지 끊임없이 들려오면서 게이코들의 산들대는 움직임은 줄기차게 이어진다.

누군가 속삭이는 소리, 누군가 절망에 짓눌리는 소리, 뱀이 스르륵스르륵 낙엽 위를 지나가는 소리가 섬뜩하도록 겹치거나 엇갈리게 들려온다. 나는 솟구치는 두려움을 억누르는 동시에 행여나 있을 암울한 결과를 대비하여 경계를 한층 더 강화했다. 갑자기 등골에 식은땀이 솟아 금세 범벅되면서, 땀 한 방울이 슬쩍 내려간다.

'여기야말로 지옥이야!'

그야말로 지옥이 따로 없었다. 한데 이상 모를 슬픔으로 인해 가슴을 움켜잡으며, 순간적으로 이와 같은 상상을 해버렸다.

나는 갈지자형으로 담벼락을 넘어가는 어느 고양이를 뒤쫓는다. 숨이 턱에 닿을 정도로 내달린다. 여러 모퉁이를 지나 추적하지만, 어둠이 짙게 깔린 탓에 그 작고 날쌘 동물을 제대로 볼 수도 쫓기도 힘들었다. 쟤를 렌 하루코란 고양이라 해도 좋고 그녀가 키우는 고양이라 해도 좋다. 어차피 뭐가 되었든 간에 바짝 따라붙어서 그녀를 구해야 한다, 바짝 따라붙어 그녀의 위치를 알아내야 한다….

나는 어느새 아주 높은 타워의 문을 열고 층계를 따라 올라가고 있다. 그런데 돌연, 상층에서 굴러떨어진 바위에 의해 계단 일부가 무너져 버렸다. 고양이는 교묘히 벽을 타더니 힘들이지 않고 뛰어넘어 어둠에 가려진 상층으로 사라져갔다. 나는 멈춰 서서, 그저 한없이 높고 높은 상층을 바라봐야만 했다. 위쪽은 붉어지고 어두워지고 하는 것이 흡사 지옥 같았다.

"정신 차리세요. 지언 형제."
주 신부가 나를 뒤에서 흔들었다.

나는 곧바로 '연회장 중앙층계'에 집중할 수밖에 없었다. 곧장 눈을 떠 정면을 보자마자, 순백의 기모노를 착의한 렌 하루코가 3층에서부터 부액을 받아 내려오는 모습이 보였기 때문이다.

2층 공간은 금세 밝아졌고 의외로 지극히 평범한 공간이 우리를 맞이했다. 다만, 누각 내벽에 빙 둘러 부착된 크고 기다란 화선지를 발견하기 전까지만 말이다.

우리는 마련되어 있는 두 의자에 자연스레 앉았다. 어떤 네 명의 마이코가 붓으로 샤미센의 선율을 허공에 그리며 등장했다. 돋보이는 그녀들의 가녀리면서 고운 선 동작과 함께, 렌 하루코를 중심으로 아름다운 춤가락이 모이기 시작했다.

그녀들의 가냘픈 팔과 아름답고 섬세한 움직임들. 달빛처럼 은은히 빛나고 태양의 생애처럼 묵직한 여운. 시대와 국경을 뛰어넘어 통하는 세련된 미와, 짧기에 화려한 인생에 대한, 처량함이 스민 절제된 시선….

그것은 우리를 신명나게 만들었던, 일명 벚꽃의 향연 '미야코 오도리'.

그러나 벚꽃잎으로 치장된 무대가 보이지 않았다. 나는 렌 하루코의 주변에서 붓으로 숙련된 예술을 표현하는 네 명의 마이코를 유심히 살펴보았다.

'설마… 이곳 자체가 무대?'

그녀들은 누각의 내부 사면에 각각 흑백 묵죽과 매화나무, 강가의 벚꽃 담채화를 그려서 무대를 꾸미고 있었다. 마치 숨겨져 있던 우아함을 역동적인 소묘(밑그림)로 드러내듯, 수묵화가 점점 나타난다. 가히 붓의 춤으로 불리어도 손색이 없는 예술적 표현이다. 게다가 그들 중심에서 천상의 선율을 몸으로 연주하고 있는 렌 하루코의 신체는 이미 악기나 다름없었다.

나는 눈을 감았다. 신기하게도 불면증에 시달리던 나에게 내면의 안식이 찾아온다. 그렇게, 이 지쳐있는 영혼에 누군가 노크한다… 정확히 그 깜깜나라에 누군가 노크한다….

 '새벽 어스름이었어. 우리는 재즈바에서 노래를 즐겼어. 그녀가 노래를 즐기는 모습을 보니 자유로웠어…. 그곳에서 나는 날아다닐 수 있는 사실에 기뻤고, 별다른 힘을 들이지 않았는데도 날 수 있었어, 그녀한테로…. 완전 솜털처럼 가볍게 붕! 날아서 끝없이 펼쳐진 바다를 지나 강을 거슬러, 숲에 있는 그녀에게 닿았어. 그리고 말했지. 나 있잖아…. 당신 때문에… 사실은 말야, 당신 때문에… 그녀 노래가 생각났어.'

 "…… 씨. 더 불러줄 수 있나요?"
 "네. 좋아요."

—3—

 "그만 깨세요. 분위기가 심상치 않습니다."
 주 신부의 말처럼, 무대 위로 묵향이 진동하는 가운데 다시 붉은 조명과 암전이 뒤섞여 혼란스러운 광경이 연출되고 있었다.
 렌 하루코는 어느 틈에 우리 코앞에서 퍼포먼스를 선보인다. 그러나 나는 잠이 덜 깬 탓에 미처 상황 인지를 못하고 있었다.
 '예전의 나는 매번 퇴근 뒤에 불을 꺼놓고 맥주를 마시기도,

뱃소리를 들으며 여행하기도 했어. 그러다가, '단 하나의 둘'이라는 느낌을 받으면서 그리 살지 않겠다고 다짐했는데…. 현재는 답습을 다시 반복하고 있어. 별문제 없다는 듯이 이렇게 앉아있지만, 나 혼자서 무한 공간에 남아 떠다니고 있어……. 어리석은 걸까… 내가?'

"홀로 양파를 벗기듯 외로이 이어지는 꿈들…."

갑자기 렌 하루코가 샤미센 소리 사이사이로 본인의 육성을 삽입하기 시작했다. 그러자 안무들, 한 동작 한 동작이 더 명확하게 뇌리에 박힌다.

"몽상, 꿈속의 생각을 실현해야 한다. 그것은 스스로 몽상가가 되어 몇 년간 꿈을 심사숙고할 때 가능하다…. 다만, 악몽이란 굴레에서 벗어나 그에 가려진 이상에 다가간다면."

그녀는 우리 앞에 있는 옹관을 집어 들어, 가슴에 끌어안아 꽉 품고는 눈을 감았다.

그러나 주 신부가 보기엔 그저 지긋지긋하고 거뭇한 탐미주의에 불과해 보였다.

"그런 알량한 경구로 흔들지 말아주십쇼."

"진정하세요, 신부님."

나는 주 신부를 말려야만 했다. 엄청난 거부감과 적대감이 느껴졌으며 그의 눈빛이 천연 살기 어린 야차를 닮아있었다.

내가 얼른 그녀에게 물었다.

"렌 하루코 씨. 우선 궁금증을 떨쳐주서야겠습니다. 우리를 초대한 목적이 무엇이며 대체 도안에서 무슨 일이, 왜 벌어진 겁니까?"

"오로지 선택대로 흐른 것이고…. 단지 길성이 흐름을 타서, 오직 생광한 현상이 벌어진 겁니다."

말하면서 그녀는 옹관을 천천히 들어 올렸다. 그러고는 언뜻 보기에 사무친 그리움을 상기하는듯한 표정으로 허공을 응시했다.

"한월(寒月)이여. 예전에 너는 죄인이었으나 이제는 아니다. 예전에 너는 죄악의 굴레를 뒤집어쓴 자였지만 미래는 아닐 것이다. 나는 너의 형제이며 친구로서 존재한다. 그리고 너와 나는 동행한다. 나는 동행자로서 너를 구원자라 부르겠다."

렌 하루코는 조금씩, 조금씩 정중앙으로 다시 걸어갔고 그녀를 둘러싼 게이코들은 주연의 기품있는 매무새가 돋보이도록, 각자가 펼치는 퍼포먼스 중에 그녀에게로 시선을 돌렸다.

그때 갑자기 우리 양옆에서 두 가라스텐구가 등장하여 손등과 목덜미에 굵은 힘줄을 세워 힘을 과시하는 형태로, 그녀 대신 옹관을 내려놓는데 이어 그녀의 옷깃으로 양손을 거칠게 뻗는 율동을 반복해서 선보였다.

렌 하루코가 말했다.

"나만이라도 더는 인간이길 거부하겠다. 나는 네가 알고 있던 인간이 아닐 것이다. 언제는 위대한 사명이란 미명하에 자아도취를 했으나 이제는 다를 것이다. 언제는 만고의 고통에 흔들린

것도 사실이며 여전히 혼란 속에 있는 것도 사실이나, 이제 나는…… 온 세상 만인에게로 스며들어 영원한 해방을 쫓는 위대한 괴물이자, 속박으로 물든 영겁의 세월을 뒤로한 사악한 '멸절자'일 것이다."

그녀는 보다 실감나게 보이고자, 우리를 등지면서 자신의 양손을 옷깃으로 가져가는, 왠지 자신을 보호하는듯한 제스처를 취하였다.

"우리는 함양(檻羊)에 불과하나, 그 만고천추의 순리를 역행하여 필멸의 운명을 거부할 자유의지!"

나 자신부터,

나의

숭경하는 아버지를….

가까운 과거. A.D 2019년, 8월 입추.

  자신을 최병직 사장의 딸
'최주아'라 소개한
  그녀는 내게 두 가지 일지를
보였다.
  "보존된 기억을 거슬러
여기로 오게 되었어요.
  도현근 씨 맞으시죠?"

그녀의 기억, 그녀의 과거는
  일정부분 어긋물려있다.
한때는
  두 눈이 실명한 상태였었고
한때는
  B병원 병상에 누워 공백기를 가졌었다.

제2막

 나는 혼소(魂銷)하여 몸이 굳은 채로 렌 하루코를 바라봤다. 한동안 넋을 잃었다. 그녀한테서 녹색 빛이 나온다는 것은 이제 나만 아는 사실이 아니었다. 정확히 그의 등, 전체를 장식한 표식에서 끔뻑끔뻑 새어 나오는 빛은 주 신부의 표정을 더욱 일그러뜨린다. 더구나 '지장당'의 '촛불 배치 형태'를 고스란히 흉내 낸 표식이, 깜깜한 공간에서 오로지 우리만을 집요히 비추고 있다.
 드디어 주 신부가 예리한 눈초리로 쏘아붙였다.
 "그간 동성에게 잘도 놀아났습니다그려."
 그래도 나는 놀라지 않았다. 도무지 반감이 들지 않았다. 어차피 팔방미인이 둘(남녀)로 나뉘어 내게 양수겸장을 쳤다고 여기면 그뿐이다. 게다가 나조차도 자아가 둘인 듯이 흘러가지 않는가.
 그러자 이를 눈치챈 그녀, 아니 그 남자 렌 하루코가 한결같은 음성으로 말을 건넨다.
 "저는 회임할 수 없는 몸…."
 그의 뜻밖의 속삭임은 퍼포먼스와는 무관한 고백이었고, 나는 한 남성으로부터 전해지는 아름다움에 계속 취하며 그가 뿜어내는 살내음에 빠져버렸다.

그리고 제2막은 시작되었다.

—2—

어떤 여인네가 샤미센의 정취가 짙은, 그러나 선정적인 연주에 맞춰 중앙층계를 내려왔다. 흙발이 짙은 머리에 칠흑빛 기모노를 입었으나, 우리는 바로 알 수 있었다.

그 여인은 바로, 이름 없는 안내인이다….

그녀가 한발을 디딜 때마다 핏빛 여명이 조명으로 연출되었다. 방금 렌 하루코가 등짝을 적나라하게 드러낸 순간에는 자연의 소리, 환한 백색의 빛, 평범한 일상의 흐름이 한데 어우러졌던 반면, 이번에는 어느 비극적인 인물이 묘사되려는 듯 대조를 이뤘다. 게다가 그녀는 양팔을 벌려서 검은 열십자 형태를 연상시켰고 거룩한 예식을 앞둔 성스러운 모습으로 느릿느릿 렌 하루코에게 다가갔다.

렌 하루코는 정적인 상태를 유지한 채로 고개를 우측으로 돌려 말을 이었다.

"필멸의 운명…."

그러자 그 옆에 다다른 안내인이 렌 하루코의 턱을 천천히 올리며 말했다.

"자아는 허상이나 나는 스스로 있는 자다."

그 순간 수묵담채화의 매화나무와 벚나무가 완성되고.

"나는 너에게서 눈을 떼지 않는다."

그중 벚나무의 나뭇가지 위에 작은 새가 노니는 모습이 완성되고.

"당신은 나, 나는 당신…."

렌 하루코의 대사와 함께, '칠흑빛 날개'와 같은 기모노가 순백의 그 가녀린 몸을 휘감듯 감싸고.

"형제여, 우린 하나로서 존재한다."

그렇게 렌 하루코의 기이한 녹색 빛은 점차로 희미해져 간다.

그리고 또 다른 수묵화에서는 역동적인 학의 우아한 모습이 완성되어가고.

"유일로 완성되는 귀결…."

그와 동시에 백색의 렌 하루코가 마치 마술사를 돕는 미녀처럼 우아하게 재등장하고.

"아름다운 선물입니다."

그렇게 4월의 어느 날에 만개한 벚꽃처럼 우리를 반겼던 그는, 머지않아 있을 이별을 앞둔 '봄비 맞은 벚꽃'이 되어 영원히 잊지 못할 추억을 선사했다.

존속되는 시기가 짧은 만큼 화려하지만 강렬한 덧없음이 느껴진다. 때맞춰 무수한 벚꽃잎이 꽃비가 되어 떨어지고 휘날린다. 나는 한동안 넋을 잃고 있다가 뛰쳐나갔다.

"하루코 씨! 이런 개 같은!!"

"으르렁. 멍! 멍! 멍!"

우리는 또다시 혼소하였다. 이미 그를 살려주겠다는 말은 아무 소용없는 구호에 불과했다. 나는 생각했다.

'원래 나 같은 놈을 해하려는 세상 아니었어? 그래서 끌어들인 거 아니야? 대체 왜… 이 부당한 세상을 렌이 왜……. 대체 왜!!!'

나는 안내인을 거세게 밀친 뒤에, 왼손으론 렌 하루코의 굳어가는 손을 잡고 오른팔로는 목덜미를 감싸 안았다. 그리고 물었다.

"그토록 바라시는 꿈이란 건가요? 이것이?"

나는 억지로 아름다운 죽음이라는 거짓을 믿고 싶었다. 해맑은 렌 하루코가 마치 흩날리는 벚꽃처럼 품속에서 지고 있다….

또리와 주 신부는 호기로운 맹수의 여유가 느껴지는 안내인을 경계하였다. 그녀는 분장까지 하여 화려한 독사 같은 기괴한 아름다움을 품고 있었고, 왠지 강압 의지에 담긴 함의가 느껴졌다.

렌 하루코가 간신히 말을 이었다.

"저도 정해진 소임을 다했습니다."

그는 잠시 고개를 살짝 돌리고는 굳어진 오른손을 겨우 올리며 이렇게 말했다.

"그분이 전해주라 했습니다."

그러자 안내인이 다가와서 '암암한 거리'라는 성인판 동화를 건넸다.

나는 안내인을 곁눈질로 쳐다봤다. 차가운 비수 같기도 한 그녀의 눈길은 어떠한 미동도 없었다. 굳어진 내 표정이 일그러지기 시작했고 현실에 대한 분노와 체념이 쌓여 마침내 폭발하기 직전이었다.

"대체… 누가요…. 도대체 누가요!? 대체 어떤 새끼가 이딴 장난을 치는 겁니까!!!"

그때 약간 떨어진 곳에서 말소리가 들려왔다.

"언제 전해 받은 건가요. 그 작자는 지금 어디 있고요."

목소리의 출처는 주 신부였다. 그의 음성에는 여차하면 안내인부터 모가지를 꺾겠다는, 목적 뚜렷한 살기가 공존하고 있었다.

"항상 우리 곁에 있었습니다. 신부님이 느끼지 못하셨을 뿐…. 저… 지언 씨?"

렌 하루코가 숨이 꺼져가기 바로 전, 마지막으로 내 이름을 불렀다.

"네. 말씀하시죠."

나는 재빨리 마음을 추스르며 대답했다.

"많이 아프네요, 이 순간이…."

그는 두려움과 허망함에 초연해 보이려 했다.

"설마 이것이… 행복한 꿈에서 영원히 깨어나는 과정은 아니겠죠? 어쩌면 저도 당신처럼…… 깨어나지 않는 악몽을 꾸고 있던 걸지도 모르겠어요…."

"아니요. 절대 아닐 겁니다."

고개를 절레절레 흔들어 보인 나는 미소를 머금었다.

그러자 그는, 아니 그녀는 나에게 온 힘을 다해 싱긋 웃어 보였고 누군가를 맞이하듯 표정을 환하게 그리며 허공을 바라봤다.

그리고 그 사무친 그리움을 끝으로 에노시마의 마지막 벚꽃은 그대로 충천하여… 생명을 불어넣는 불새에 우연히 안착해 영속될 여행을 떠났다.

그녀는 고별을 고하기 직전에 사과의 뜻을 내비쳤다. 역시나 결국 그렇게…… 나를 휘감았던 봄의 느낌은 사라졌다.

—3—

'나도 그랬었지. 나도 그녀를 만나 행복한 꿈에서 살았었지. 사실은 아직도 헤맬 때도 있지, 깨어나지 않는 악몽으로 변했음에도…… 그럼에도 당신은 한결같이 말하지, 자신을 잊으라고.'

문득 렌 하루코의 눈빛이 말한 한마디가 허공에 맴돌다 사라진다.

'나는 매일 당신을 잊어야 해요.'

나도 이제 영원한 이별을 고한다.

さようなら、
안녕히,

わたしの天使…。
나의 천사….

가까운 과거. A.D 2019년, 8월 초순.

'항해'라는 백색 일기 중,
일부 원문 발췌.

「 요즘 악몽을
자주 꾼다.
 오늘도 잠결에
한 과장을 언급했다.
 근래 들어선
최 사장도 언급한다.
 지언 씨는 자신 때문이라며…
계속 자책한다….」

사랑이 머무는 환상? 가마쿠라가 들린다

안내인은 우리를 강제하여, 누각 바깥으로 이끌었다.

"여러분. 떠날 시간입니다."

"이봐요, 안내인. 하루코 씨를 저대로 방치해 둘 건가요?"

라는 내 물음에 그녀는 침묵으로 일관하며 기존 방침대로 떠나야 한다는 태도를 고수한다.

"현재 인임 된 상태입니다. 그리고 제 이름은 앞으로 '키리에'라 불립니다."

"흥! 웃기는군. 살인자 주제에 어울리지 않게 키리에? 그런다고 정당성이 부여될 리 만무하지."

주 신부는 그녀의 이름에 담긴 숭고한 의의를 두고, 원색적인 비난을 가했다. 그러나 안내인은 여전히 무반응으로 일관하고는 그대로 걸어 나갔다.

우리는 억압적인 상황에서 일갈도 못 하는 꼴을 보이고 말았다. 그러다가 결국 힘겨운 걸음으로 누각을 벗어나면서 자신이 처한 현실마저 잠시 망각해버린다.

다름이 아니라, 수많은 눈동자가 매섭게 빛나는 광경을 목격했기 때문이다. 연못 주변과 심지어 참나무숲까지 메운 그 싸늘한 눈초리를 보는 순간, 우린 걸음을 멈출 수밖에 없었다. 누각을 치장한 노등의 빛들이 맹금류와 들개를 포함해서, 온갖 야생

동물의 천연 반사경 타페텀에 반사된 것이다.

안내인도 주변을 확인하고 나서야 걸음을 멈췄다.

"저들이 렌 씨를 많이 그리워하나 봅니다."

그녀는 허리춤에 꽂아 넣은 연설문을 꺼내어 회장에 모인 마이코, 게이코들에게 큰소리로 읽어준다.

"하늘에서 살별이 살차고 강착하여 그가 부명(符命)에 응하고, 그의 칙유(勅諭)는 길성이 되어 숙연한 만장을 비춘다. 나는 광휘(光輝)로운 향시(向時)에서, 늘 버금에서 꼭두각시를 노는 덜미꾼. 감응자들이여, 놀라거나 소동치 말라. 이는 역성혁명의 전조이며 금년과 명년, 거짓을 위덮을 것이다."

낭독되는 동안 만장은 줄곧 숙연하였다. 그 와중에 나는 그녀에게 분노로 얼룩진 질문을 던진다.

"설마 당신은 하루코 씨를 시기한 겁니까?"

"가당치도 않은 물음입니다. 단지 예정된 수순대로 부여받은 겁니다. 누각을 한번 봐주시죠."

우리는 그녀의 말마따나 누각을 멀리서 지켜봤다. 그러자 왠지 모를 푸른빛의 웬 미세한 결정이 한동안 부유하다 사라지기를 반복한다. 그리고 마치 푸른 다이아몬드 더스트를 연상케 하는 그 찰나에, 나는 주변 동물들을 둘러보았다.

'앙관하는 동물들…'

절대 헛소리를 하는 것도 아니고 키리에가 내 허황한 환상을 어떤 최면술로 자극한 것도, 나의 기계적인 상상력이 발현된 것 또한 아니다. 한낱 미물 따위가, 야공(夜空)의 별들이 빛을 날리고 있는 가운데 저곳을 우러러보듯 응시하고 있다. 마치 예를 갖추는 것처럼 보인다.

우습게도, 자연과의 상호적 호혜의 균형을 멀리하고 고귀한 존재의 영속과 고등한 존엄성을 내세우는 에고이스트들에게, 그들이 엿봐야 할 자연에 대한 경외를 몸소 의식하게 하다니…. 그야말로 점입가경이 따로 없었다. 더구나….

"꼼짝 마, 이지언!!!"

더구나 저런 한심한 새끼가, 자기가 되레 위험해진 줄도 모르고 내게 감히 총구를 겨눈다고?!

가까운 과거. A.D 2019년, 붉은빛 8월.

이지언.
연인관계를 밝히는 것까지
　꺼리는
충분히 폐쇄적인 녀석.
　지금까지는
　　암묵적으로
지지했었지만….

'결국,
복수 때문이었나?
　최 사장 내연녀에게
의도적으로 접근한 이유가?'

그런데 이상한 점이 있었다.

'그렇다면 이 사진 속 인물이
그 내연녀이고 이 일지들의 주인이라면,
　대체 이 흙색 일지가 뜻하는 바는
무엇이고
　이 '민이린'이란 등장인물의 정체는 대체…'

그녀가 머무는 환상? 가마쿠라가 들린다

저 미친 자식은 도현근이다. 검사 나부랭이 따위가 나를 쌍열박이 총구로 겨누고 있다.

'저런 호로 자슥이…'

나는 반가운 것도 잠시, 곧바로 이글거리는 눈빛으로 그를 쏘아보았다.

'그래. 남은 내 심장을 아예 베어버리겠다?'

그렇다. 나는 이미 그에게 당한 적이 있었다. 난생처음으로 평온을 회복하고 희망을 사로잡으려 할 때, 심장을 베인 적이 있었다. 여전히 욱신거리고 피가 새어 나올 때도 있다. 그런데 상처가 채 아물기도 전에 감히 다시 그러겠다고?

'얌마! 네가 여기를 왜 와있어! 빨리 도망쳐! 위험하다고!'

그러나 나는 그를 본능적으로 보호하려 하고 있었다. 저 녀석이 나를 어떻게 찾아냈는지, 타국에서까지 왜 저 지랄을 떨고 있는지 궁금하지 않았다. 심지어 저 배신자의 낙인이 어울리는 우라질 것이, 대체 왜 그따위 짓거리를 저질렀는지조차도….

그 순간, 누각 위로 부유하던 푸른빛 미세 결정들이 짧게 밝아진 뒤에 사라져버렸고, 주변 노둥 빛까지 점점 어두워지면서 또리와 주 신부가 내 앞으로 나섰다.

'멋있도다, 또리여.'

그리고 과경에 오도리 무대에서 봤던 '두 가라스텐구'들이, 나와 현근이 사이를 가로막았다.

'멋있도… 근데 당신들이 왜?'

예상치 못한 그들의 행동이 뜬금없어 의아했지만, 다시 찾아온 어둠이 너무 짙었기에, 현근이의 움직임을 주시하려 동공을 확장했다. 그의 얼굴이 그들 사이로 어렴풋이 보인다. 여태껏 수없이 만나온 친구의 모습이 아닌, 마치 광기의 경계를 넘나드는 사람처럼 수척해진 얼굴, 비장한 표정이 역력했다. 그래도 그는 빠른 몸놀림으로 움직여서 공격적으로 다가왔다.

예전에도 그의 신체 능력은 나를 종종 놀라게 했다. 나를 상회할 만큼 운동신경이 뛰어난데다, 스포츠에서처럼 운동능력 지표를 체계적으로 수치화시켜 정육각형으로 나타내 보인다면, 아주 널찍한 정육각형이 나올 정도로 여러 제반 지표에서 누구보다 우위에 있었다. 현재는 그런 녀석이 두 가라스텐구를 향해 날래게 움직이고 있다.

그런데 하필이면 또리와 주 신부마저 그들을 향해 신속히 움직인다. 각기 전성기가 다른, 두 괴물의 장대한 만남이 임박하고야 말았다. 주 신부가 강력한 힘을 바탕으로 그야말로 더 빠르고 정확한 에너지를 보여준다 해도 놀랍지 않을 것이다.

"탕! 탕! 탕!"

그러나 야산의 공기를 찢는 소리가 내 옆을 통과하고 가라스텐구를 지나서 현근이를 쓰러트렸다. 키리에가 쏴버린 총알이 그의 오른 어깨를 관통한 것이다.

주 신부도 순간 멈칫했고 그와 동시에 또리는 내 곁으로, 야생동물은 참나무숲으로 뿔뿔이 흩어져버렸다. 그러나 현근이만은 어둠 속에서도 놀라운 반사신경을 보이며, 수풀이 무성하게 우거진 큰 바위 뒤로 자취를 감췄다.

그러자 곧바로 상호 간에 총구의 불꽃이 튀기 시작했다. 흡사 총잡이들의 화력쇼처럼 절로 긴장을 부르는 총화력이 집중된 상황에 우리는 넋을 놓아버렸다.

한데 바로 그 찰나였다. 한 가라스텐구가 바위 뒤로 몸을 날렸고 곧이어 서로 뒤엉키는 모습이 언뜻 보이는가 싶더니, 기존 궤도를 벗어난 누군가의 총알이 내 귀밑을 미세한 차이로 스쳐갔다.

아니 정정한다. 방금 나는 내 위치를 잠시 확인하고 있는 친구의 눈을 목격했다. 설마, 저 새끼가 쏜 건 아니겠지?

'내 목숨이 노려지고 있다… 내 목숨을 노리고… 내 목숨이…'

결국 나는 그대로 털썩 쓰러지고 말았다.

"형제님?!"

"……"

"어이, 지언 형제!!!"

"멍멍멍!!!"

희미해져 간다. 그래도 겁쟁이로서 완수해야 할 역할은 충실히 해내는구나.

'이런 개쌍 같은 일이…. 아… 저 호로자슥이…'

—2—

다시 눈을 떴을 때, 나는 어느 방 침대에서 깨어났다. 내 옆에는 '엔카쿠지 누각'에서 받았던 동화책과 우리 일행의 소지품들이 같이 놓여있다. 병원은 아니었다. 아마도 어떤 목적 달성을 위해서 강제로 이동 당한 것 같았다.

'여기가 어디지?'

나는 도로 눈을 감았다가 힘겹게 눈을 떠보았다. 그러자 찢어진 귀밑이 몹시 쓰라리다.

"일어났는가, 젊은이."

그때 어느 말끔한 제복을 입은 중년 남성이 나에게 말을 걸어왔다. 그는 회색의 올백머리에 풍격을 높이는 안경과 손목시계를 착용하였고, 그의 행동거지에서 옛 귀족이 풍겼던 당당하며 여유로운 품위를 느낀다.

나는 다시 눈을 감은 채 물어보았다.

"여기가 어디죠?"

"에노시마 항구. 북미로 향하는 크루즈."

그제야 눈을 떠서 주변을 둘러보았다. 고급호텔만큼이나 널찍하고 하야말끔한 공간이다.

"그럼 당신은…?"

"젊은이가 목적지에 도착할 때까지 안전을 책임지는 사람이라네."

"항해사시군요. 근데 주 신부님은 어디 계시죠?"

"갑판으로 바람을 쐬러 가셨네만. 젊은이 좀 더 안정을 취하지 않겠는가?"

"아닙니다. 저도 일단 나가보겠습니다."

"허허. 이 사람 참…. 됐네, 됐어. 내가 나갈 터이니 좀 쉬다가 나오시게."

항해사는 손짓으로 나를 제지하고는 곧장 나가버렸다.

나는 한동안 멍한 표정으로 정면을 응시했다. 그러면서 어느새 무표정이 되어, 그다지 읽고 싶지 않은 동화책을 집어 들었다.

「"어머, 놀래라! 제시카 할아버님, 저희 놀랐잖아요!"

"어이구 이런. 제가 크나큰 실수를 저질렀군요. 위험하실까 염려되어 저도 모르게 그만."

"공주님께서는 앞으로 조금 더 신중히 행동해주세요. 얼른 공주님께 예를 갖추시죠."

"정말 송구하옵니다. 서연 공주님."

"이러지 마세요. 얼른 일어나세요, 할아버찌."

서연 공주가 당황해하며 웃었다. 그러자 제시카 할아방은 죄송한 마음에 기존 계획대로 진수성찬을 대접하기로 마음먹었다.

어느덧 할아방의 마을에 도착한 공주 일행은 우연히, 무색무취 무희들을 만나게 되었다. 바로 옆 동네에서 넘어온 그녀들은 '이름 없는 왕'을 위한 축하공연을 마치고 돌아가는 중에 서연 공주와 마주친 것이다.

무희들이 거주하는 무색무취의 동네는 '이름 없는 왕'이 자신의 분신한테 물려준 '영원토록 낙원'의 지배하에 있는 곳. 그 동네는 '여러 꿈과 개성'을 왕과 나라를 위해 앗아가는 악명 높은 제도가 존재하였으며, 그 집행 담당 역시 '이름 빼앗는 괴물'이란, 왕의 동생 몫이었다.

그렇기에 그 무희들이 무색무취한 옷차림을 하고 아예 웃음기를 잃어버린 가운데, 제한된 표정과 절제된 동작으로 일평생 일관해야 한다는 사실은 어찌 보면 당연한 과정이었다.

이 같은 사실을 우연히 만난 '까마귀'를 통해 알아버린 서연 공주는 이름을 빼앗겨 힘겨워하는, 할아방의 '아들'의 처지마저 떠올렸다.

"까치, 까치!"

검은 주제에 까치라 소리 내는 까마귀가 서연 공주에게 아름답고 신비한 여행담을 이야기했다. 알고 보니 까마귀는 온 세상 모든 것을 정찰하고 관조, 관망하는 것을 취미로 삼고 있었고 심지어 연인과의 이별에서 온 우울증을 서연 공주가 사는 숲속

나라의 힘으로 치유 받은 전례도 있었다. (숲속나라의 궁궐에는 예부터 왕족의 모태가 되어온 '유의 힘' 나무가 버티고 있다.) 그리고 이를 고맙게 여기고 있던 까마귀는 감사한 마음으로 공주에게 안전한 무료 여행을 제안한다.

이윽고 지상에 오른 공주 일행과 무희들, 제시카 할아방과 그의 아들은 까마귀의 벗인 2층 '부운 버스'를 타고, 자신을 돌아보기 위한 무박 여행을 떠나게 되었다.

그러나 정작 어린 서연 공주는 몰랐다. 자신의 타고난 순수한 본능으로 인해, 어딘지 모르게 낡고 고압적이며 스스로 발견하기 힘든, 허영이 낳은 오류와 모순의 개념이 타파되고 있다는 사실을….

비록 되돌아와서는 잘못된 사회적 규범과 통념 그리고 통속에 도로 굴복할 수밖에 없겠으나, 무희들 얼굴엔 웃음꽃이 피어나서 좋았고 제시카 할아방의 아들 가슴속엔 '카이리'라는 이름이 자리 잡아 좋았다.

"고맙습니다. 우아한 언니."

'카이리'가 말했다.

그랬다. 제시카 할아방의 아들은 다름 아닌, 여성성을 과하게 지닌 아이였다. 연거푸 '하루코'라는 이름을 빼앗긴 전례를 털어놓은 남아는 참된 본명에 대한 강한 의지를 피력했고 이를 보다 못한 우아한 선생은 '남녀 이름'이 가능한 'kyrie'란 이름으로 작명했다. 물론 남아는 자유의지로 이를 받아들였다.

그저 못된 영감인 줄만 알았던 제시카 할아방은 순순히 카이리의 외출을 허락하며 그 자신도 여행을 떠나 잠시나마 그들의 탈고함에 동참하는 듯했으나, 이내 자신의 의향을 계상하려 '구름 위에 구름 같이 높은 천장'으로 유명하고 흑포에 흰색 단을 돌려 두른 앙장이 삼리로 길게 드리워진 제단 입구로 들어갔다.

그리고 시간은 바삐 흘러, '토끼풀 사다리'에서 이별을 앞둔 그 다음 날.

공주 일행은 안전한 지상으로 뻗어있는 '토끼풀 사다리'를 타기도 전에, '위험한 지하이자 지름길로 통하는 가시덤불 배관'으로 억지로 밀려들어 갔다. 어제 하룻밤 새에 변심한 제시카 할아방의 소행이었다. 그는 그녀들을 정부 기관에 제보해, 절망과 어둠의 구렁텅이로 몰아넣은 밀고자였다.」

왠지 성인용으로 재출간한 동화책을 읽은 듯한 기분이 들었다. 이제는 어른을 위한 동화라 해도 무방한 진행과 문투를 대놓고 보인다.

"쳇! 이번에는 이름에 관한 말장난이군. 그나저나… 내가 쫓는 건, 선악 중 어느 면이지?"

—3—

크루즈가 꽤 오랫동안 정박한 탓에 가마쿠라 해안을 아직 벗어나지 못하고 있다.

나는 갑판으로 올라가서 에노시마 일대를 둘러보는 주 신부의 등판을 멀찍이 마주했다.

'저 인간이 과연 어떤 생각으로 나를 도운 걸까, 왜 지금까지 돕고 있는 거야…. 그저 혼란을 틈타서 새 생명을 구하려고? 근데 그거… 미카엘 때와는 너무 대조적이잖아…'

그런 나의 눈으로 사랑이 머무는, 아름다운 가마쿠라 풍광이 들어온다. 여전히 수려하였고, 여전히 산벚나무와 공존하는 그녀가 보인다.

'정말, 9월 중순에 개화한 벚꽃을… 개화된 기적을…… 나더러 믿으란 말인가요?'

그 거대한 거시적 세계 안의 믿기 힘든 유토피아적 공간감에, 나는 빈혈이 올 듯 어지러웠고 이것은 단지 내 공상적 희망을 어떤 비현실의 공간으로 승화시킨 현상일 거라 억지를 부려본다.

'이제는 별별 해괴한 현상이 내면을 잠식하는구나.'

나는 주 신부 곁으로 다가갔다. 문득 그의 과거에 대한 온갖 물음이 던져진다. 현재 어떤 깊은 생각에 빠진 것일까.

무언가의 은폐? 고명을 쫓는 종교계의 영속? 시대의 종언?

"깨어났군요, 형제님."

"예…."

그리고 주 신부는 아무런 말이 없었다. 흡사 노수의 껍질 같은 멋진 눈가의 주름을 보고 있자니, 다시 한번 그의 깊은 고뇌와 세월의 역경, 굴곡이 느껴진다. 그로부터 고난을 품은 그윽함이 느껴진다.

나는 다시 가마쿠라를 바라보았다.

'그래. 공연한 짓거리라도 좋아. 이런 천애의 고독도, 한때의 황홀, 절망, 체념도……'

그러나 이 여정은 근거 없는, 막연한 자신감에 불과하다.

'어차피 인간을 구성하는 요소들일 텐데…… 분명 그럴 텐데…'

나는 온 인류의 본질에 내재한 나약한 성질을 들여다보려 했다. 그러자 조소를 퍼붓는 현세와 비소를 머금은 '적안'의 입가가 마치 암흑에서 불꽃이 일듯 떠오르고 괴롭힌다.

'그래도 나는 나아갈 수밖에 없다. 과거를 안고 더욱 깊숙한 곳으로…'

가까운 과거. A.D 2019년 8월 중순, 붉은 달.

지언이의 집 앞.
친구를 검거하러
 계단을 오르고 있다.
그리고 잠시 뒤….
 나는 원치 않게
이번에도
 바라보았다.
'붉은 절망의 나락'을….

.
.
.
.

가까운 과거. A.C(균열기) 1년 9월 중순, 붉은 달.

너는 필히

스스로 '호 휘오스 투 안트로프'(인자)라

칭한 자를 거스를지니.

Epilogue

환해 보이는 세상과의 절묘한 접속

환한 세상, 은빛 하늘이 나부끼는 허공에서 새하얀 꽃잎을 태운 불새는 활개를 쭉 펴고 '지상 금빛'을 향해 활강한다.

그러자 고개를 살포시 들어 손바닥을 보시시 내미는 금빛형상….

웬 벚꽃잎 하나가 눈부신 햇살의 너풀대는 은빛을 등지고, 연풍에 펄럭이는 다채로운 잎새들을 지나 초속 5cm로 사뿐히 내려앉는다. 아니, 사뿐하게 안착한다.

너는 하루코인가….

메이나시.
あなたにそんな力あるの?
(너에게 그런 힘이 있니?)

あるよ

있어.

僕が貴方を越えればいい。

(내가 당신을 넘으면 돼.)

흐릿한 답안지

— 도현근의 시선 —

'공백'이라는 흑색 일지 중,
일부 원문 발췌.

「순백의 기모노는 치명적인 출혈로 인해 금세 붉게 얼룩졌다.」

「"저는 앞으로 저들의 통제권을 가집니다. 그러나 현재는 제 의지대로 움직이려 하질 않네요. 렌 씨를 많이 그리워하나 봅니다."
"설마 당신은 그녀의 능력을 시기하여 질투한 겁니까?"」

— 어둠의 시선 —

"도 검사님 여기 있습니다."
나는 증언을 실문한 지인을 통해, 한 과장의 행방불명 및 비리 관련 녹취자료를 접했다.
마침, 세 명에게서 주된 공통점을 발견했다. 그것은 못 알아들을 주절, 중얼거림.

작가의 말

회광반조(廻光返照), 번지다

날이 저물 무렵,
저녁놀에 이어서
한차례 강세를 뽐내고 싶은 태양은
만산에 번졌던 홍엽(紅葉)불길이 사그라지기 전
거센 화광(火光)을 일으켰고,

때마침
마지막 불꽃을 태운 홍엽 불씨는
나의 마음에 옮겨붙어 악심을 태우고
섬화(閃火)처럼 영성으로 되살아나
끔벅끔벅
참나의 화광을 일깨운다.

Sin, 신·2 _시나브로
2023년 9월 15일 초판 1쇄 발행

지은이_김서진
펴낸이_정환정
펴낸곳_도서출판 시시울
등 록_제364-1998-000008호
주 소_대전시 동구 대전로 867번길 52
       한밭오피스텔 407호
평생전화_0505-333-7845
전   송_0505-815-7845
전자우편_sisiwool@naver.com

값 18,000원
ISBN 979-11-89732-57-8 03810

ⓒ김서진, 2023

*이 책 내용의 전부 또는 일부를 재사용하려면 반드시
 지은이와 시시울 양측의 동의를 받아야 합니다.